LA VIDA, EL AMOR ...Y OTRAS COSAS

VERSOS ENCUARTETADOS Y DÉCIMAS

A LA VIDA Y AL AMOR

EDUARDO ENRIQUE OLATE DÍAZ

ISBN:9798392961955

I N D I C E

5.- Índice

8.- Prólogo

14.- Que es un Verso encuartetado

16.- Por mi casamiento

17.- Estallido social

18.- El pueblo ha alzado la voz

19.- Tertulia de Coyahue

20.- Hoy cumplo sesenta y ocho

21.- Al odio no hay que llamar

22.- No uses hilo curado

23.- Que triste es llegar a viejo

24.- A la roja

25.- Thor

26.- Yo te quiero transantiago

27.- Al volantín

28.- A las torres gemelas

29.- Día del papá en pandemia

30.- La pandemia mundial

31.- Pandemicosis

32.- Terminó la cuarentena

33.- Término de vacaciones

34.- La lluvia récord

35.- ¿Qué está pasando en el mundo?

36.- Robo a Inverlink

37.- Guerra de Irak

38.- Cesante

39.- Salida al mar

40.- Atentado al metro de España

41.- Enseñar es la razón

42.- Al transantiago

43.- Que ya mis manos te queman

44.- Por la salud de sus ojos

45.- A poetisa María Eugenia

46.- Día de san Valentín

47.- Errar es humano

48.- Porque será que el amor

49.- "Nunca es tarde pa aprender"

50.- A mis nietos

51.- Recibí mi finiquito

52.- Se acaba el confinamiento

53.- Desde la China ha llegado

54.- A una vida mejor

55.- A Daniel en su cumpleaños

56.- Solito yo vine al mundo

57.- El tiempo en que yo nací

58 a 63.- Décimas al amor

64 a 100.- Misceláneos

101 a 103.- Décimas por año nuevo

No sé cómo llegamos a vivir a un callejón en donde había muchas mediaguas como la nuestra… era... una población callampa. Se llamaba Callejón Lo Saldes, cerca de Vitacura

Ahí estuvimos poco tiempo... unos seis meses, recuerdo que hubo un terremoto en septiembre y un eclipse de sol... en octubre del año 1958, según ahora lo pude constatar con esto que se llama Google.

A fines de marzo de 1959, nos mudamos a la Población, José María Caro… sector F a nuestro sitio donde sería mi residencia de ahí hasta que salí casado a mi nuevo y definitivo hogar…

Según nos contó una vez mi mamá, conoció a mi papá cuando iba a comprar a la carnicería... Ahí se conocieron y cayó en las argucias de él para conquistarla

La convenció y se fueron a vivir de cuidadores del chalet del dentista Saavedra. Ahí… donde empecé este cuento.

Después supo que no era soltero, era casado y con dos niños, a la sazón hermanastros míos… Nicolás y Gustavo a quienes conocí y tengo buenos recuerdos de ellos... cada uno tuvo varios hijos, sobrinos que por circunstancias de la vida tuve mucho contacto con ellos en la niñez… mas los avatares de la vida nos fueron separando.

No sé de dónde saque la afición por la lectura Recuerdo que repetí el tercer año preparatoria por haber aprendido a leer muy bien en primer año (ya sabía a los 5 y medio años)

Bueno recuerdo que mi mamá lavaba ropa y yo leía el libro Bomba el niño de la selva... de Roy Rock Wood...

Lo devoré... Eran cuatro tomos… al final de año repetí curso.

Recuerdo haber visto a mi mamá llorando ante la profesora para que me dejara pasar de curso.

Eso creo me marco… nunca volví a repetir... todo lo contrario, pase tercero, cuarto quinto y sexto... con el primer puesto... en sexto me gané varios premios... salí mejor compañero...un premio por una composición en el día de la solidaridad… mejor alumno de la escuela…

Mis padres escuchaban mucha música... tangos. Eran buenos bailarines de tango y yo aprendí los tangos que escuchaban en la radio que se compró mi mamá una RCA Víctor... de baquelita... Argentino Ledesma; Alfredo de Ángelis ; Héctor Larroca...etc. y los nombres …Medallita de la suerte… pare aquí… y todo a media luz, etc. También escuchaban folclor, Violeta Parra me impacto con su canción que pena siente el alma, me gustaba su canto... el sonido de la guitarra. Así fui conociendo el folclor...en la escuela salí a bailar cueca a los 13 años. Fue mi primera experiencia folclórica...comienzo que aún...a mis 72 años...no termina.

A los quince años escribí a un concurso que aparecía en la Revista el musiquero que salía todas las semanas... y ¡me gané una guitarra!

Ya participaba en un conjunto de rock donde era baterista y en un grupo de teatro, después de llegar de la escuela Industrial en donde cursaba segundo medio.

Mientras seguía mi vena folclórica, ahí, escondida en mi corazón… escuchaba las guitarras, y algo vibraba en mí.

Me metí a grupos de folclor y cree algunos en las empresas donde trabajé.

Recuerdo que una vez fui al persa Bio- Bio y entre fierros y figuras y de un cuanto hay… en el suelo vi un libro que me llamo la atención..."la Biblia del pueblo" era el título, del Padre Miguel Jordá... Yo, que soy o era buen lector... me extrañe no haber escuchado ese nombre. Lo compré y me encontré con recopilaciones de décimas y versos encuartetados.... Ahí empecé a leer y a seguir la décima. Practicaba solo... a rimar... en frases octosílabas... y no me era tan difícil, mientras participaba en grupos folclóricos en mi trabajo... y salí a buscar material para llevar al conjunto y empecé a integrar conjuntos afuera... Sabía tocar guitarra y tormento... en el año 1985 ingrese a conjunto Coyahue donde aún participo.

Estando en ensayo, me acuerdo que hice mi primer verso encuartetado mientras las mujeres del conjunto ensayaban una tonada... en media hora... o tres cuartos de hora... terminé ese verso con cuarteta inicial y cuatro décimas en donde cada una de ellas termina con una frase del verso de cuatro líneas anotado en la cuarteta... más una décima de despedida... Saque aplausos... y seguí haciendo décimas cada vez que el conjunto me las pedía o por el placer de escribir.

Así llegue a este recuento de DÉCIMAS, VERSOS Y OTRAS COSAS... que dejo escrito en este libro para quien quiera leerlo y quizás. le pueda servir para crear los suyos .

Con afecto a Mis hijos y nietos.

"Nunca digas NO PUEDO, porque tú te pones los límites, por el contrario, VUELA ALTO con tu pensamiento y siempre AGRADECE A DIOS"

Eduardo Olate Díaz

QUE ES UN VERSO ENCUARTETADO

El Verso Encuartetado es una forma de escritura en rima que ocupa la copla, y la décima octosílaba, para crear un Verso que en sí, es la unión de cuatro décimas con una cuarteta inicial.

¿Dónde está la unión? La unión se produce porque cada décima termina con una línea de la cuarteta inicial.

Esto, que parece difícil, el campesino lo asimiló muy bien, aprendiendo primero de los poetas llegados de España que traían su canto en " décima espinela". Una forma que se usó mucho y se sigue usando en Chile y América por los cantores a lo divino y lo humano y por los payadores que tienen el don natural para improvisar en forma rápida coplas, décimas o versos encuartetados.

Admirador de ese tipo de poesía, y sin tener la habilidad de ellos, me aventuré en crear, algunos versos encuartetados que dejo aquí escritos para quien quiera leerlos

Eduardo Olate Díaz

P RÓL O G O

No sé porque razón siempre me gustó el campo, el folclor, el olor de la tierra. Recuerdo que de niño… siempre estuve apegado a ella, por mi condición de niño pobre.

Pare que me conozcan un poco y, haciendo alarde de mi memoria, les contaré como era el lugar donde di mis primeros pasos…

Un camino de tierra con una corrida de inmensos y añosos eucaliptus… vivíamos en una mediagua en un terreno de media hectárea…en donde se estaba construyendo el chalet de un dentista de apellido Saavedra... la mediagua al fondo… entre rumas de bolones, ladrillos y una bodega, mejor que la mediagua, en donde se guardaban los sacos de cemento y herramientas.

Recuerdo que mi mamá trabajaba lavando ropa y planchando en las casas de los nuevos ricos que poco a poco iban poblando esos terrenos, que, hasta pocos años atrás, eran chacras y almendrales. Para que nos vamos ubicando, les nombraré algunas calles… Hernando de Magallanes; Víctor Sota; Martin de Le cuna; Isabel la católica, Cuarto centenario, Apoquindo, Las Condes… Martin de Zamora…

Más o menos esos lugares los recorrí de niño... a pata pela, mirando como, poco a poco, los sembrados y almendros desparecían y en su lugar se levantaban hermosos y grandes chalets.

Por Hernando de Magallanes pasaban las carrozas con los ataúdes de los futres… tiradas por dos o tres parejas de caballos negros… conducidas por un señor de levita y sombrero de copa, tendría yo unos cinco años... más o menos…el año… 1955…

También pasaba el lechero en carretela tirada por un caballo y traía la leche en unos recipientes de aluminio de unos 20 litros... de vez en cuando se veía pasar el afilador de cuchillos en bicicleta... y haciendo sonar un silbato con un sonido característico que las empleadas del barrio conocían muy bien... y salían con sus cuchillos en la mano para que se los afilaran…

Este señor tenía un esmeril que hacía girar con la rueda trasera de la bicicleta y dejaba los cuchillos listos para cortar los mejores filetes.

Mi papá era carnicero… cuando lo echaban de la carnicería, porque se había caído al frasco, era zapatero, en invierno hacía y arreglaba paraguas… En esos tiempos los paraguas se reparaban… mi papá compraba las piezas de que estaba compuesto y tenía varillas de acero, largas y cortas y la unión de estas varillas, remaches de aluminio … también las empuñaduras y las telas … él los fabricaba... yo le ayudaba. A mis seis años… me tocaba lijar el palo central del paraguas, que mi papá compraba en la barraca Valdivia que estaba en esos años … 1956 o 1957 más menos en alameda Bernardo O'Higgins en esquina de calle san Borja, a un costado de la Estación central de ferrocarriles del estado.

Me acuerdo que él entraba a la barraca y me dejaba en una puerta grande afuera... yo veía desde ahí y escuchaba el ruido de las máquinas aserradoras y miraba como hipnotizado las poleas, correas y ejes que transmitían la fuerza a las máquinas... Era un solo motor con un eje largo que estaba por encima de las cabezas y a ese eje subían y bajaban correas de suela que transmitían el movimiento a las máquinas. Mi papá compraba 50 o a veces 100 palos redondos de 10 o 12 mm de diámetro por 80 cm. de largo y llegábamos a casa...ahí empezaba el proceso… me gustaba lijarlos… una lija gruesa… después otra más fina...y otra… hasta dejarlos lisos y suaves… Después venía el proceso de barnizado, y después el armado de los paraguas… los barnizaba… era muy inteligente, preparaba el barniz con gomalaca; pez castilla y alcohol.

Si bien éramos pobres… nunca faltó un plato de comida porque se las ingeniaba para tener algunos pesos… mi mamá lavaba y lavaba… en casa de los ricos, en artesa… a escobilla muchas veces con agua fría…

Detrás, separado de la casa, estaba el lavadero. Ahí llegaban kilos de ropa que mi mamá dejaba impecables a costa de escobillados y enjuagues.

Recuerdo que me vestían con ropas regaladas. A las camisas mi mamá le acortaba las mangas haciéndole un doblez más abajo del hombro…. debí haberme visto ridículo… pero como niño nunca me preocupó.

Mi hermana…tuvo que dejar la escuela apenas terminada la preparatoria (en esos años sexto básico) y empezó a trabajar en las casas de los ricos puertas adentro, tenía 12 años… seguía los pasos de mi mamá, que solo llego a tercero de preparatoria y se vino desde Temuco a trabajar a Santiago…puertas adentro…en casa de los Arechaga.

Se terminó la casa del dentista y entonces tuvimos que salir de ahí…se trasladó la mediagua a la esquina de Hernando de Magallanes con la población Kappes. Ahí estuvimos hasta que cumplí 8 años. Nuevamente se terminó ese chalet y nuestra mediagua hubo de salir… pero ¿a dónde?

Verso encuartetado

Tertulia de Coyahue

Recuerdos de voz y piano
en una tarde soleada
una casa es visitada
por menudos tertulianos.

I
Muy cerca de la estación
en una tarde soleada
una casa es preparada
para esa feliz ocasión.
Fuera se escucha el pregón
ya se acerca un tertuliano
trae una flor en la mano
y en la mente una ilusión
muy llenito el corazón
de recuerdos, voz y piano.

II
Entre dichos y canciones
la tarde va transcurriendo
la gente sigue llegando
las damas y los señores.
El salón lleno de flores
la señora está encantada
la zamacueca entonada
y en la sala las parejas
giran y aromas dejan
en una tarde soleada.

III
Hay mucho olor a mistela
en la casa señorial
la tertulia es sin igual
e iluminada con vela.
A decir dichos se ordena
entre canto y empanada
la señora está encantada
traigan bastón y sombrero
que por más de un caballero
una casa es visitada.

IV
Transcurre rauda la noche
entre valses y tonadas
la tertulia entusiasmada
de alegría hace derroche.
Se van bajando del coche
conversando de lo vano
también de lo cotidiano
o de política actual
se habla de lo universal
por menudos tertulianos.

DESPEDIDA
Dulces panes alfajores
chicha mistela enguindao
aguardiente resacao
y postres de mil sabores.
La despedida señores
se toca en este momento
yo me retiro contento
de la casa e ña Teresa
tertulia no habrá como esa
aunque las busque por ciento.

Verso encuartetado

Hoy cumplo sesenta y ocho

La vida en este momento
les cuento que estoy dichoso
sufro penas y alegrías
al cumplir sesenta y ocho.

I

Empiezo haciendo memoria
de aquellos primeros años
en que se vive sin daño
y todo es estar en la gloria.
Así empieza mi historia
le pido que tome asiento
escuche lo que le cuento
soy un gallo afortunado
y agradezco a quien me ha dado
la vida en este momento.

II

A Chillán yo fui a parar
caramba recién nacido
por mi tía mantenido
según me pudo contar.
Estuve en ese lugar
con un tío muy celoso
que se iba al calabozo
por borracho y por rosquero
y con un gesto sincero
les cuento que estoy dichoso.

III

Con dos años me trajeron
acá a Santiago otra vez
mi madre abrigaba mis pies
con un edredón que le dieron.
En la escuela me pusieron
y así pasaban mis días
entre mi madre y mis tías
es cosa que yo no olvido
y por ser yo tan movido
sufro penas y alegrías.

IV

El tiempo pasó volando
quien se lo iba a imaginar
pronto me hube de casar
con veintiún años pisando.
Hoy aquí sigo cascando
algunos me dicen morocho
ya me olvidé del gangocho
que por colchón yo tenía
lo digo con alegría
al cumplir sesenta y ocho.

DESPEDIDA

Poco hilo en el carrete
yo creo me va quedando
y habrá que seguir luchando
hasta que dios diga ¡vete!
Este viejo les promete
que agradece al Hacedor
ya que por siempre el amor
me alumbra cada mañana
y mi vida se engalana
al ver una bella flor.

Verso encuartetado

Al odio no hay que llamar

Al odio no hay que llamar
se los pido por favor
pidamos nuestros derechos
en gran manifestación.

I
Por el WhatsApp me ha llegado
en letras de rojo intenso
un mensaje que yo pienso
es digno de ser copiado.
El escrito era un llamado
decía hay que reclamar
salgamos a protestar
por esa alza en el metro
mas, yo pensé muy discreto
al odio no hay que llamar.

II
Medio chile salió a la calle
con cacerola en las manos
y unidos tal como hermanos
pidieron con gran detalle.
Que la salud no nos falle
que el sueldo sea mejor
que el trabajo sea un honor
y muy bien remunerado
que el pueblo sea escuchado
se los pido por favor.

III
A la plaza Baquedano
que es el centro de Chile
la gente llego por miles
avanzando de la mano.
La movida no fue en vano
lo demostraron los hechos
siete días maltrechos
en Arica o Puerto Montt
toditos en gran unión
pidamos nuestros derechos.

IV
Ha pasado una semana
el gobierno ya cambió
al parecer entendió
yo creo de mala gana.
Hoy se ha abierto una ventana
ha triunfado la razón
se escucha una gran canción
que invita a vivir en paz
y se escucha en la ciudad
en gran manifestación.

DESPEDIDA
Este histórico momento
les cuento que fue empañado
por quienes se han dedicado
a robar sin miramiento.
Así termino este cuento
que de pena me conmueve
octubre dos mil diecinueve
en mi pecho has de quedar
si la causa no es robar
¿porque la ocasión te mueve?

Verso encuartetado

No uses hilo curado

No uses hilo curado
por favor yo te lo pido
no eches en el olvido
aquel niño accidentado.

I
Día dos de septiembre
en este mes de la patria
al volantín se idolatra
elevado por las cumbres.
Esta hermosa costumbre
me tiene muy preocupado
porque hay un accidentado
que casi pierde la vida
mi pedida es muy sentida
no uses hilo curado.

II
Volantines en el aire
giran y dan volteretas
hacen miles de piruetas
con mucha gracia y donaire.
Con ahijado y compaire
y otro vecino y amigo
les cuento fuimos testigo
de un accidente fatal
¡usa hilo sin curar!
por favor yo te lo pido.

III
El hilo curado es mortal
habrá que tomar conciencia
y abogar por la sapiencia
para sin él encumbrar.
Basta el solo pensar
que son quince los heridos
los que en su cuerpo han sentido
ese cuchillo infernal
te lo vuelvo a recordar
¡no lo eches en el olvido!

IV
Si tú quieres celebrar
con fiesta la Independencia
por favor toma conciencia
cuando vayas a encumbrar.
Nunca debes olvidar
a aquellos accidentados
que con el hilo curado
han sufrido cortadura
y hoy la verdad es dura
aquel niño accidentado.

DESPEDIDA
Quiero en la despedida
pedir un poco de amor
para entender el dolor
de aquel que sufre una herida.
Que este verso consiga
que Ud. que está involucrado
no haga hilo curado
y entienda el daño que hace
un niño se lo agradece
y un abuelo acongojado.

VERSOS ENCUARTETADOS

Verso encuartetado

Por mi casamiento

A las diez de la mañana
el año setenta y dos
me llevaron al juzgado
para casarme con vos.

I

Cuatro años de pololeo
y uno más en conocerte
repito que fue mi suerte
fijarte en mí, que soy feo.
Yo de aquí no me muevo
ni siquiera con roldana
dije si, de buena gana
y tu dijiste lo mismo
había mucho nerviosismo
a las diez de la mañana.

II

Así empezó nuestra historia
con más peleas que risa
el tiempo pasó de prisa
ya en infierno, ya en la gloria.
Hoy recurro a la memoria
yo cumplía veintidós
tu tenías menos dos
cuando Regina nació
la vida se iluminó
el año setenta y dos.

III

Jugamos a ser papa
mientras Regina crecía
ella fue nuestra alegría
aunque me vio casi na.
Tu pasabas enojá
porque salía atrasado
era un flojo redomado
eso tu no lo sabias
y derrochando alegrías
me llevaron al juzgado.

IV

Cuatro años pasan volando
la cigüeña llego otra vez
sufrimos gran estrechez
y Javier llego cantando.
Así la vida marchando
nuestros hijos ya eran dos
y aunque tu genio era atroz
yo seguía entusiasmado
y fui muy afortunado
para casarme con voz.

DESPEDIDA

En el año ochenta y cinco
ese pájaro porfiado
llegó muy terremoteado
la familia creció a cinco.
Lo cuidamos con ahínco
a Eduardo nuestro conchito
salió medio lloroncito
más fue nuestro regalón
que nos llenó el corazón
en nuestro humilde hogarcito.

Verso encuartetado

Estallido social

Si Ud. no es delincuente
si no le gusta robar
póngase chaqueta amarilla
al salir a protestar.

I
Da pena ver las noticias
de esta demanda social
ya no se sale a protestar
por culpa de las milicias.
Algunos reciben caricias
a veces injustamente
todo por ir al frente
pidiendo con sentimiento
mas, no aproveche el
momento
si Ud. no es un delincuente.

II
El sueldo a nadie le alcanza
y el pasaje sube y sube
por eso Ud. no lo dude
y proteste con templanza.
Hay que cargar la balanza
a la hora de protestar
alzar la voz y gritar
con la pancarta en la mano
portándose lo más sano
si no le gusta robar.

III
Un incendio en Concepción,
destrozos en Punta Arenas
desmanes en La Serena,
también en Constitución.
Se aprovecha la ocasión
para robar con cuchilla,
sea muchacho o chiquilla
solo piensan en robar
si Ud. no se va a involucrar
use chaqueta amarilla.

IV
Al parecer hay un grupo
de cacos facinerosos
que aparte de ser babosos
son mandados por el cuco.
Se juntan en un gran grupo
solo pensando en robar
y Ud. se deja engañar
por aquellos malandrines
que engañan con otros fines
para salir a robar.

DESPEDIDA
Seguro no ha de gustar
este verso encuartetado
pero me tienen cabreado
los que salen a robar.
Esto va a terminar
acusando al encapuchado
si ve que marcha a su lado
aléjese de inmediato
estoy seguro que al rato
se verá identificado.

Verso encuartetado

El pueblo ha alzado la voz

El pueblo ha alzado la voz
con fuerza por todo Chile
asaltos ya van por miles
la represión es atroz.

I
Miércoles seis de noviembre
la noticia me conmueve
año dos mil diecinueve
el pueblo sigue con hambre.
Hoy ha cortado el alambre
con un estallido feroz
nadie se acuerda de Dios
de justicia es el clamor
y en las calles con valor
el pueblo ha alzado la voz.

II
La rabia acumulada
por años de sufrimiento
ganando para el sustento
para una casa y almohada.
La gente así cansada
al rico quiso decirle
la plata tienes por miles
con el sudor del obrero
justicia oír yo quiero
con fuerza por todo chile.

III
los estudiantes partieron
diciendo chileno evade
el alza ha sido grave
ahora sí que nos jodieron.
A los jóvenes que nacieron
ya veinte o dieciocho abriles
han sido nuestros candiles
en esta lucha social
que unos usan para robar
y asaltos ya van por miles.

IV
De mi Chile que será?
volverá a encontrar la paz?
esta juventud tan audaz
su felicidad encontrará?
créame de verdad
chileno que alzas tu voz
como mi Chile no hay dos
lo digo casi llorando
los chilenos se están matando
la represión es atroz.

DESPEDIDA
Apelo al entendimiento
al amor y la empatía
a luchar con alegría
y sin ponerse violento.
Chile en este momento
necesita reflexión
que se ablande el corazón
de todos los del gobierno
o se vayan al averno
a morir de inanición.

Verso encuartetado

Que triste es llegar a viejo

Qué triste es llegar a viejo
estorbas en cualquier lado
te dejan abandonado
te ignoran por lo parejo.

I

Este triste pensamiento
hoy le quiero compartir
pues sé que habrá de venir
ese terrible momento.
En mi suegra yo les cuento
he visto lo que aquí dejo
todos la quieren de lejos
puchas la verdad dura
les digo con amargura
qué triste es llegar a viejo.

II

Cuando joven yo me acuerdo
bailé cueca y refalosa
y miren como es la cosa
ahora estoy sordo y lerdo.
Si siento dolor yo me muerdo
pues me tienen de allegado
en una pieza hacinado
me callo pa no molestar
porque no quiero escuchar
estorbas en cualquier lado.

III

Hoy me cuesta caminar
al paso que lleva mi hijo
apúrate po me dijo
porque me vas a atrasar.
yo no le pude escuchar
Porque sordo me he quedado
dicen que estoy desahuciado
que ya no tengo remedio
y en una pieza, en el medio
te dejan abandonado.

IV

Este verso es solo un cuento
Dios, no me puedo quejar
pues mis hijos me han de amar
cuando llegue ese momento.
Hoy vivo feliz y contento
de mi salud no me quejo
esto es solo un bosquejo
que me vino a la memoria
porque si fuera otra historia
te ignoran por lo parejo.

DESPEDIDA

En la historia de este mundo
el viejo fue venerado
pues era el sabio adorado
con el saber más profundo.
Aunque fuese un vagabundo
por todos era escuchado
también era agasajado
por toda su parentela
ya fuera abuelo o abuela
por su familia era amado.

Verso encuartetado

A la roja

Le ganaron al campeón
allá en el Maracaná
sigue viva la ilusión
esa es la pura verdad.

I

La oncena nacional
se hizo famosa en Brasil
los hinchas fueron por mil
nunca vieron fervor igual.
Nuestra canción nacional
se cantó a todo pulmón
Sampaoli, el gran timón
ordena la muchachada
y fue así, como si nada
le ganaron al campeón.

II

Eduardo en la delantera
fue el primero en anotar
y el gol se pudo escuchar
en toda la tierra entera.
Aránguiz guapo se esmera
la toma como si ná
Casillas ¡toma! ¡Ahí va!
y le manda el derechazo
y gol de nuevo amigazo
allá en el maracaná.

III

España se fue dolida
a "disfrutar el descanso"
y Chile el triunfo mi gancho
defenderá con la vida.
Enmudece la torcida
pues va perdiendo el campeón
Chile es garra y corazón
no se deja avasallar
y de pensar en ganar
sigue viva la ilusión.

IV

Ya terminó el partido
se ha ganado dos a cero
el resultado es certero
y ya España ha sucumbido.
No quedara en el olvido
pasará a la eternidad
toda esa gran calidad
que mostraron los chilenos
estamos de orgullo llenos
esa es la pura verdad.

DESPEDIDA

En esta la despedida
les digo de corazón
que me llena de emoción
ver nuestra patria unida.
Quiero que toda la vida
nos sintamos como hermanos
y que unamos nuestras manos
para hacer una oración
¡que Chile salga campeón!
y seamos soberanos.

Verso encuartetado

Thor

Se me ha ido un compañero
fue un amigo sin igual
el me solía esperar
sentado en el paradero.

I
De raza no definida
con manchas negras en
blanco
tenía un gracioso tranco
que hoy recuerdo en su
partida.
Él siempre de amanecida
sola salir primero
y corría al paradero
moviendo su corta cola
mi alma se siente sola
se me ha ido un compañero.

II
Traigo un perro me dijo
mi niño muy recontento
tendrás que darle alimento
y mantenerlo prolijo.
Yo pensé que de fijo
tendría que alimentar
con una comida especial
a ese perro blanco y negro
mas, hoy les cuento me alegro
fue un amigo sin igual.

III
Habrá que ponerle un nombre
a este colocolino
mas mi hijo con gran tino
le buscó uno de renombre.
Muy corto pa que no sobre
que al nombrarlo haga temblar
sé que le va a gustar
le pondré por nombre Thor
y cual ese dios con valor
el me solía esperar.

IV
Ya casi no veía
mucho menos escuchaba
pero siempre se alegraba
cuando de lejos venía.
Será que me presentía
mi cómplice y compañero
no se vendió por dinero
me entregó todo su amor
y me espero con valor
sentado en el paradero.

DESPEDIDA
Esta sí que es despedida
la garganta se me anuda
no tengan ninguna duda
que me dolió su partida.
Mi mascota consentida
en mi patio se durmió
mi nieta también lloró
por nuestro perro querido
que hoy al cielo ha partido
y en un llanto nos dejó.

Verso encuartetado

Yo te quiero transantiago

Yo te quiero transantiago
con un amor muy profundo
eres lo mejor del mundo
mejor que el metro e´chicago.

I
Hoy desperté muy temprano
pues era la gran ocasión
me latía el corazón
me transpiraba la mano.
Venga conmigo hermano
me dijo mi linda vecina
y nos fuimos a la esquina
muy llenitos de ilusión
cantando con emoción
yo te quiero transantiago.

II
Llegamos al paradero
que se encontraba repleto
¿por dónde cresta me meto?
¿dónde habrá un respiradero?
Por querer subir primero
entre la gente me hundo
un rico y un vagabundo
atacan al transantiago
yo pido me ayude un mago
con un amor muy profundo.

III
Casi me puse a llorar
al ver el montón de gente
me transpiraba la frente
después de tanto caminar.
Hay que saber esperar
dijo mi amigo facundo
en un modo furibundo
lo dijo la presidenta
y aunque a muchos les molesta
eres lo mejor del mundo.

IV
En la tarde será distinto
me dije pa mis adentros
hoy les digo lo lamento
de tener tan mal instinto.
Pa las veinte faltan cinco
y aquí me pregunto qué hago
si no tomo el transantiago
tendré que apretar la guata
soy bueno pa andar a pata
mejor que el metro e´chicago.

DESPEDIDA
Es de esperar que el estado
que lucra con mis impuestos
meta la mano en esto
Y prime un transporte honrado.
me despido acongojado
de ver tamaña embarrá
pues queda la tendalá
 en todos los paraderos
y hoy reclama hasta el clero
pues perdimos la dignidad.

Verso encuartetado

Al volantín

Con su ropaje florido
surca los cielos de chile
de niño quien no ha querido
encumbrar los volantines.

I
Siempre quise tener
en mi olvidada niñez
recuerdos pa mi vejez
de un volantín de papel.
Feliz jugaba con él
sus colores nunca olvido
mi afán más apetecido
era siempre ser campeón
levando el tricolor
con su ropaje florido.

II
Recuerdo que a pata pela
perseguía alborozado
algún volantín cortado
por toda la vecindad.
Al compás de una toná
se elevan los volantines
diseños los hay por miles
en septiembre en especial
y con sabor sin igual
surcan los cielos de Chile.

III
Con hilo sano o curado
con carrete o con cañuela
al compás de una vihuela
el volantín se ha elevado.
Hoy recuerdo embelesado
aquel tiempo entretenido
y del baúl del olvido
el recuerdo sale claro
tener un volantín cortado
de niño quien no ha querido.

IV
Hoy estamos condenados
a dejar la tradición
además de pedir perdón
por esos accidentados.
En el recuerdo han quedado
Los Halcones y Los Alfiles
porque todos los ediles
han puesto un comunicado
no hay que usar hilo curado
para encumbrar volantines.

DESPEDIDA
Me toca la despedida
y quiero ser majadero
la seguridad es lo primero
la ciudad ya no lo olvida.
Cuando sea mi partida
voy a pedir un favor
que en el fondo del cajón
vaya un volantín chupete
o tal vez un barrilete
pa elevarme hacia el Señor.

Verso encuartetado

A las torres gemelas

El mundo se enmudeció
cuando las torres rodaron
el cielo se oscureció
y en todas partes lloraron.

I

Lo que voy a relatar
no tiene perdón de Dios
Esas torres, que eran dos
las hicieron derrumbar.
Ya nadie pudo arrancar
de ese infierno que nació
y todo el planeta alzo
un gran grito de dolor
luego con gran estupor
el mundo se enmudeció.

II

Fue en el año dos mil uno
en que esto aconteció
en Manhattan sucedió
este maldito infortunio.
Dos aviones, uno a uno
en las moles se estrellaron
gran herida allí causaron
en la ciudad de New York
causándole un gran pavor
cuando las torres rodaron.

III

Se cuenta fue un atentado
de corte muy religioso
mandado por un baboso
con los cables muy pelados.
Todo el mundo ha condenado
lo que ese día pasó
la fecha nadie olvidó
once de septiembre fatal
con ese incendio infernal
el cielo se oscureció.

IV

Como causa de esta afrenta
se unieron dos potencias
pa castigar la insolencia
por esa acción tan violenta.
Castigar es lo que cuenta
a los que esto idearon
y miles de bombas tiraron
al pobre país de Irak
con esto acabo la paz
y en todas partes lloraron.

DESPEDIDA

Quiero en la despedida
pedir el perdón de Dios
pa los malos que son dos
que atentan contra la vida.
El dolor nunca se olvida
si lo causa la maldad
por eso con humildad
pido paz a las naciones
que en todos los corazones
halla un ansia de amistad.

Verso encuartetado

Día del papá en pandemia

En el día del papá
triste solo y encerrado
a mis hijos agradezco
el gran amor que me han
dado.

I
Domingo veintiuno de junio
dos mil veinte es el año
con mi verso me acompaño
madre mía que infortunio.
En noche de plenilunio
la ciudad toda encerrada
lluvia cae, casi nada
solo el Rocky me acompaña
mas pa escribir me doy maña
en el día del papá.

II
Este año del encierro
será para recordar
pues un virus bajo a matar
en un afán justiciero.
Si por su culpa yo muero
tal vez porque soy porfiado
les digo me habré ganado
mi pedacito de cielo
al no aguantarme con celo
triste solo y encerrado.

III
Pensando bien no es tan malo
cambiar el modo de vida
ya no tengo ni comida
y mi bolsillo está escualo.
Este año yo lo igualo
a un dolor que padezco
y que seguro merezco
mas lo logro soportar
y porque me he de cuidar
a mis hijos agradezco.

IV
Han quebrado las empresas
o han recurrido al despido
y el gobierno ha instruido
con suculentas "promesas".
Amigos, es una de esas
ayudar al necesitado
a mis hijos he contado
lo mucho que se ha sufrido
siempre estaré agradecido
del gran amor que me han dado.

DESPEDIDA
Ya con esta me despido
en este día del padre
recordando a un compadre
que hace poco ha partido.
Amigo yo no me olvido
de dejarle este mensaje
que Ud no emprenda aquel viaje
por porfiado y descuidado
por favor, siga encerrado
hasta que esta pandemia pase.

Verso encuartetado

La pandemia mundial

¿Ha pensado Ud. porque
es la pandemia mundial?
este bichito pequeño
¿qué enseñanza va a dejar?

I
Aún no logro entender
con cien días encerrado
porque este virus malvado
al mundo hizo estremecer.
Yo me tuve que esconder
ni siquiera supe de que
a todos le pregunte
con un nudo en la garganta
ay algo invisible que espanta
¿ha pensado Ud. por qué?

II
Ya no podré abrazar
a mi amigo más querido
porque no está permitido
ni de mano saludar.
Tampoco podré besar
con este amor terrenal
ni hacer una bacanal
con pitos flautas y ruido
del porque estoy convencido
es la pandemia mundial.

III
Debo usar mascarilla
si se me ocurre salir
y un permiso pedir
mire Ud. !que maravilla!
Hoy debo lavar vajilla
y a eso le pongo empeño
ya no frunzo ni el ceño
si tengo que cocinar
y de eso he de culpar
a este bichito pequeño.

IV
La guitarra está colgada
del tormento ni me acuerdo
mi cuerpo se ha puesto lerdo
se me olvida la afeitada.
Con la cabeza en la almohada
no me canso de pensar
esto en qué va a acabar?
y no niego que me asusta
y me asalta la pregunta
¿qué enseñanza va a dejar?

DESPEDIDA
Es el momento ideal
para pedir comprensión
que en cada corazón
reine la paz sin igual.
Yo deseo que al final
cambie el mundo pa mejor
que ya no exista el rencor
entre familia o vecino
si ha de hablar sea con tino
se lo pido con fervor.

Verso encuartetado

Pandemicosis

La verdad, ya no distingo
los días de la semana
pegunto cada mañana
¿hoy es lunes o domingo?

I
Que tristeza se respira
en esta mi gran ciudad
un aire de soledad
hoy me despierta y me
inspira.
Aunque el mundo raudo gira
hay un hecho que es indigno
y es que un virus muy
maligno
nos ha asolado esta vez
y el último día del mes
la verdad ya no distingo.

II
Se decretó cuarentena
como era de esperar
para parar este mal
que se te aloja en la vena.
A mi familia con pena
a amigos y a mi hermana
de verlos muero de gana
mas lo impide la razón
y pasan sin emoción
los días de la semana.

III
Hay que ver cómo ha cambiado
la forma de trabajar
porque muy a tu pesar
hoy se trabaja encerrado.
A hacer pan amasado
aprendí de mala gana
los vidrios de la ventana
ya los tengo como espejo
amor ¿Ud. ve el reflejo?
pregunto cada mañana.

IV
Hoy veo que la noticia
dice lo mismo de ayer
que muchos no quieren ver
en la calle a la milicia.
El virus como caricia
se los digo con ahínco
se te pega y en un respingo
te conduce al hospital
donde te has de preguntar
¿hoy es lunes o domingo?

DESPEDIDA
Es triste la despedida
cuando lo es de verdad
se los digo sin piedad
hoy que nos queda vida.
Amigo si a tu partida
le temes como al malvado
espero hayas escuchado
este sencillo consejo
que te regala este viejo
por favor ¡quédate encerrado!

Verso encuartetado

Terminó la cuarentena

Termino la cuarentena
por fin ya podré salir
cinco meses encerrado
cuidando de no morir.

I
La rutina de la vida
fue cambiada bruscamente
en el año dos mil veinte
en marzo nadie lo olvida.
Una orden fue impartida
lo recuerdo con gran pena
a encierro fue la condena
y a lavarse bien las manos
mas, hoy queridos hermanos
terminó la cuarentena.

II
Cada día que pasaba
yo cantaba entretenido
como todo buen marido
mientras la loza lavaba.
Recuerdo que ya en la almohada
no me podía dormir
pensando como resistir
este encierro obligatorio
y hoy les digo con jolgorio
por fin ya podré salir.

III
La ropa que me ponía
empezó a quedarme chica
pregunté y nadie me explica
porque la ropa encogía.
Les cuento que el otro día
estando desesperado
me serví un gran estofado
regado con un buen vino
y aguante cual un divino
cinco meses encerrado.

IV
Mi perro era el más contento
pues con él yo conversaba
y a pesar que no contestaba
yo disfrutaba el momento.
Ahora haciendo un recuento
aquí me da gusto escribir
que pude sobrevivir
después de este largo encierro
solo hablando con mi perro
cuidando de no morir.

DESPEDIDA
Amigo si está leyendo
seguro es que se cuidó
y la mascarilla usó
también no paso saliendo.
Aquí me estoy despidiendo
dando gracias al Señor
y al practicante o doctor
que puso en riesgo su vida
un gesto que nadie olvida
y es digno de todo honor.

Verso encuartetado

Término de vacaciones

Se acaban mis vacaciones
alegres momentos vividos
caminar sin pensar, sin sentido
días de amor, de emociones.

I
Con mi maleta de viaje
voy a recorrer caminos
voy a cambiar el destino
llevo amor en mi equipaje.
En ella también llevo un traje
y un libro con mil canciones
en las que hablo de pasiones
que espero hacer florecer
mas, no lo quiero creer
se acaban mis vacaciones.

II
Para pasarlo mejor
un tour voy a contratar
así yo podré admirar
del verano su color.
En mi ojal pondré una flor
por si me clava cupido
pues me tengo prometido
no desperdiciar ocasión
y guardar en mi corazón
alegres momentos vividos.

III
En el tour viajé a Brasil
buscando paz y aventura
haciendo cualquier locura
gastando de a mil por mil.
Contento puedo decir
nada queda en el olvido
y aunque yo soy muy sufrido
a mí me gusta cantar
y en las tardes caminar
caminar sin pensar, sin sentido

IV
Los días pasan volando
mas quedan en el recuerdo
pues de todo yo me acuerdo
cual si ahora este mirando.
A Chile vuelvo cantando
alguna de mis canciones
se acaban mis vacaciones
vuelvo al trabajo contento
atrás quedan, lo siento
días de amor, de emociones.

DESPEDIDA
Son las seis cuarenta y cinco
me tengo que levantar
voy corriendo a trabajar
a trancos, saltos y brincos.
Pongo el hombro con ahínco
salen callos en mis manos
no me importa lo que gano
con tal que pasen los días
yo espero con alegría
¡que vuelva pronto el verano!

Verso encuartetado

La lluvia récord

El dos de junio señores
en el año dos mil dos
el cielo nos inundo
causando miles dolores.

I
Amaneció muy nublado
el pronóstico fue claro
el tiempo se tornó raro
y san isidro lloró.
Medio Chile se inundó
causando muchos dolores
tanto a adultos o a menores
el agua los anego
la tragedia sucedió
el dos de junio señores.

II
Las calles no se veían
eran un rio colmado
la gente cruzaba a nado
mientras el cielo llovía.
La gente ya no dormía
por lo que el cielo lloró
todo el pueblo se asustó
por esa fatalidad
que fue triste realidad
en el año dos mil dos.

III
Los ríos se desbordaron
se suspendieron las clases
varios hicieron las paces
para afrontar la ocasión.
Y fue tanta la presión
que esta agua nos causó
que hasta un auto se llevo
ese caudal torrentoso
que el dueño dijo rabioso
el cielo nos inundó.

IV
De calma no supo el mar
varios buques encallaron
y hasta los hombres lloraron
por miedo a perder su hogar.
Señores hay que ayudar
a pasar los sinsabores
a ayudar sin resquemores
a los más necesitados
pues la lluvia no ha parado
causando miles dolores.

DESPEDIDA
Por fin para terminar
este verso encuartetado
ruego por los anegados
pa que se puedan salvar.
Yo quisiera preguntar
a usted que es acomodado
si en algo le habré tocado
con este verso a lo humano
entonces dele una mano
al que es más necesitado.

Verso encuartetado

¿Qué está pasando en el
mundo?

En el año dos mil tres
yo quisiera preguntar
¿qué está pasando en el mundo
alguien puede contestar?

I

señores como un favor
le pregunto al que es letrado
¿está el mundo condenado
a sufrir tanto dolor ?.
Pidamos será mejor
a los santos otra vez
con la cabeza y los pies
bien puestos en esta tierra
que no vamos a la guerra
en el año dos mil tres.

II
En la guerra nadie gana
todos pierden dignidad
pues se olvida la amistad
con las naciones hermanas.
Desde la era cristiana
solo se piensa en guerrear
y nadie puede olvidar
lo que en esto se perdió
¿o acaso alguno ganó
yo quisiera preguntar.

III
La cosa se ha puesto rara
en este mundo bendito
ya robar no es un delito
y nadie oculta la cara.
Pa medir se usa una vara
que mide largo y profundo
siempre gana el dueño del fundo
aunque Ud. tenga razón
yo pregunto con pasión
¿qué está pasando en el mundo?

IV
El grande le pega al chico
aunque no tenga razón
el pobre pide perdón
y reniega del que es rico.
Hoy sugiero y lo predico
que empiecen a cavilar
pues les voy a preguntar
con un sentir muy sincero
¿odio o amor primero?
¿alguien puede contestar?

DESPEDIDA
Por fin para terminar
ponga toda su pasión
y pida en una oración
que nadie vaya a guerrear.
Ud. tiene que ayudar
a que el mundo sea mejor
pa lo cual pido un favor
de que Ud. Cambie primero
pues con amor verdadero
el mundo será mejor.

Verso encuartetado

Robo Inverlink

La noticia de este día
a medio Chile ha asombrado
millones de pesos han robado
ladrones de porquería.

I
Trabajé toda la vida
para educar a mis hijos
Dios fue justo y me bendijo
con mi mujer triparida.
Cuando llego la partida
y revisé mi alcancía
perdí toda mi alegría
pues la radio fue muy clara
fue por la plata robada
la noticia de este día.

II
El robo fue simulado
varios miles se esfumaron
y las cabezas rodaron
de los más apitutados.
El pobre está condenado
a pagar lo que han robado
y los más adinerados
engañan con papelitos
y tienen los pobrecitos
a medio Chile asombrado.

III
Todos usaban corbata
y de conducta intachable
con papeles endosables
se embolsicaban la plata.
Tení que apretarte la guata
al obrero han implorado
mientras ellos con asaos
celebran el buen negocio
y así en sus ratos de ocio
millones de pesos han robado.

IV
Putas la gran estafa
que Inverlink nos ha causado
a medio Chile han cagado
pasándoselo por la raja.
Papeles en una caja
de banco en banco corrían
tan cierto que el otro día
se lanzó un comunicado
que mueran los desgraciados
ladrones de porquería.

DESPEDIDA
Pido perdón al oyente
por el lenguaje pesado
es que hasta a mí me han cagado
estos cacos indecentes.
Pido al gobierno presente
que no haga la vista gorda
y que no eche por la borda
la que aquí pido y sugiero
quiero mi plata primero
aunque la justicia sea sorda.

Verso encuartetado

Guerra de Irak

Cuarenta misiles cayeron
sobre la ciudad de Bagdad
el ataque es con crueldad
 y muchos humanos murieron.

I
Con un dolor verdadero
hoy relato esta tragedia
es de Dante la comedia
que pregono con esmero.
Estados Unidos primero
a Irak toda la armaron
después los acorralaron
y ocultaron la verdad
y en la ciudad de Bagdad
cuarenta mísiles cayeron.

II
Todo el mundo está pendiente
de esta tremenda masacre
pues una nube muy acre
se extiende rápidamente.
Es la muerte ciertamente
causada por la maldad
todos piden haya bondad
para arreglar el problema
flamean muchos emblemas
sobre la ciudad de Bagdad.

III
Desde Kuwait van entrando
las tropas de los aliados
están todos condenados
a ganar o morir peleando.
Gran Bretaña está ayudando
en razón a la amistad
pues para decir la verdad
la causa no tiene clara
y pa'callado declara
el ataque es con crueldad.

IV
En el mundo se levanta
la voz de toda la gente
piden la paz solamente
hasta romper la garganta.
En Chile ya nadie canta
las radios enmudecieron
y todas juntas pidieron
que la guerra ya terminé
pues bombas caen por miles
y muchos humanos murieron.

DESPEDIDA
Al despedirme quisiera
que alguien me contestara
si tiene la idea clara
pa' que a mí me lo dijera.
Yo por la paz le pidiera
que las bombas sean abrazos
que los tanque sean pedazos
 de torta o de rico asado
y que escuche este llamado
si es que siente el ramalazo.

Verso encuartetado

Cesante

Muy temprano en la mañana
camina desesperado
va muy triste y amargado
pues al hambre no la engaña.

I
Te llaman a la oficina
me dijeron por la mañana
yo partí de mala gana
pues se lo que se avecina.
La empresa ya no camina
me dijo el jefe con maña
si no me crees te engañas
te lo digo muy lentito
y me entregó el finiquito
muy temprano en la mañana.

II
De eso ya van seis meses
es cesante vitalicio
no tiene ni pa sus vicios
ni menos para entremeses.
Lo que hoy le acontece
a pechar le ha condenado
triste va por todos lados
con el hambre de diez días
y buscando la alegría
camina desesperado.

III
Que dolor siente el cesante
que va en busca de trabajo
con el hambre de sus hijos
en el alma siente un tajo.
Se pregunta por lo bajo
porque estaré condenado
Dios me habrás olvidado
él piensa y recapacita
y mientras de hambre tirita
va muy triste y amargado.

IV
Yo trabajo en lo que sea
pa alimentar a mis hijos
y el pensamiento esta fijo
no cejare en la pelea.
Hoy le pido que me crea
soy hombre honrado y sin maña
veo cerca la guadaña
si no gano pa comida
pa alimentar a mi cría
pues al hambre no la engaña.

DESPEDIDA
Dios te pido un favor
con todo mi corazón
pido un poco de perdón
si yo te cause dolor.
Bríndame todo tu amor
con un trabajo pequeño
que yo le pondré el empeño
para lograr ascender
y cuidar por siempre de él
agradeciéndole al dueño.

Verso encuartetado

Salida al mar

Bolivia hace mucho rato
que viene arrastrando el
poncho
siendo un país tan rechoncho
le pisa la cola al gato.

I
Tan suave como un murmullo
el rumor se hizo latente
en boca de un presidente
que armo tremendo barullo.
Su boca como un capullo
se abrió y en un gesto innato
dijo este presi ingrato
Chile tiene que cuchar
que pide salida al mar
Bolivia hace mucho rato.

II
La historia pronto se olvida
cuando de pedir se trata
y los bolis hacen nata
pidiendo mar y salida.
De noche o amanecida
por lo angosto o por lo ancho
andan buscando rancho
pa poner cerca del mar
por eso no hay que olvidar
que viene arrastrando el
poncho.

III
Cuando se firma un tratado
no hay nada que reclamar
y menos ponerse a pelear
por un hecho ya olvidado.
Lo que boli ha reclamado
es un trozo así de ancho
pa serle sincero gancho
esto no tiene asidero
echan la aniña primero
siendo un país tan rechoncho.

IV
Muchos dan su opinión
sin tener conocimiento
y piden sin fundamento
que se estudie la cuestión.
En toda conversación
debe existir el respeto
más si se ha hecho un trato
en el que boli ha perdido
y como está arrepentido
le pisa la cola al gato.

DESPEDIDA
Mis hermanos bolivianos
les pido en esta ocasión
que aprieten el corazón
y que estrechemos las manos.
Nuestro país soberano
tiene un prestigio ganado
y seguro no ha olvidado
lo del año veintinueve
los límites no se mueven
según consta en el tratado.

Verso encuartetado

Atentado a metro de España

Se oye un clamor doloroso
que desde España se eleva
todo el mundo se conmueva
ante este horror espantoso.

I

Once de marzo fatal
siete y media en la mañana
estremece a toda España
el atentado infernal.
Los países por igual
dicen que es espantoso
que es un hecho ignominioso
este brutal atentado
y en todo lo iluminado
se oye un clamor doloroso.

II

Trece bombas estallaron
en los vagones del metro
extremistas en un reto
el hecho se adjudicaron.
A todo el mundo insultaron
hoy lo digo aunque no deba
que los cuelguen de las huevas
a los autores del crimen
con un gran grito así lo piden
que desde España se eleva.

III

Que está pasando en el mundo
le pregunto al que es letrado
atentan por todos lados
en lo alto o lo profundo.
feo dijo un vagabundo
Al ver como el mundo rueda
y un gran grito se eleva
en la España dolorida
pidiendo que en la partida
todo el mundo se conmueva.

IV

Que tienen en la cabeza
esos viles desalmados
preparando un atentado
que es una gran vileza.
Ya me duele la cabeza
mis ojos están llorosos
por culpa de esos babosos
que no merecen perdón
hoy lloro con emoción
ante este horror espantoso.

DESPEDIDA

No se me quede acallado
ante este hecho infernal
tenemos que protestar
por este horrible atentado.
Yo me siento acongojado
por tantos muertos y heridos
por ese país abatido
en llanto y desolación
hoy elevo mi oración
por todos los que han partido.

Verso encuartetado

Enseñar es la razón

Enseñar es la razón
que ilumina al profesor
en la escuela Arturo Toro Amor
la calidad es tradición.

I

Nació en mil novecientos sesenta
lo recuerda con pasión
Ana María Torrejón
que es la actual directora.
Este año se conmemora
el hito cuarenta y seis
es el año dos mil seis
las niñas lo tienen claro
pero ninguna ha olvidado
que ya son cuarenta y seis.

II

Desde kínder hasta octavo
o hasta el mismo cuarto medio
tengan claro que el remedio
pa aprender es estudiar.
Nada puede igualar
la labor de los docentes
pa enseñar son diligentes
no me lo puede negar
claro lo hacen notar
que lo digan los presentes.

III

Dos son las subdirectoras
por si alguno lo sabe
señora María Chávez
y también María Fernández.
Ellas son subdirectoras
encargadas de enseñar
reemplazan a la titular
cuando llega la ocasión
sienten mucha vocación
Se lo puedo asegurar.

IV

De pre kínder hasta octavo
de cuarto medio a primero
hay compromiso sincero
que siempre admiro y alabo.
Hoy les diré de buen grado
son las niñas un primor
en la escuela Arturo Toro Amor
se afanan por estudiar
y hay ganas de enseñar
de todo el profesorado.

DESPEDIDA

El amor por el folclor
siempre se hace presente
es un sentir muy latente
que tiene mucho valor.
Se enseña con gran rigor
nuestra danza nacional
y con fervor especial
algo de pascua o chilote
o del norte un lindo trote
que todas saben bailar.

Verso encuartetado

Al transantiago

Que todo será mejor
de ahora para adelante
la Sra. presidente
ha respondido al instante.

I
Nos vendieron la pomada
con la voz de Zamorano
y se frotaban las manos
las empresas relacionadas.
La gente mal humorada
alzo su grito mayor
pidiendo que por favor
arreglaran la embarra
y dijeron como si na
que todo será mejor.

II
Muy fácil será viajar
el transantiago es la raja
pero parece una caja
tan llena que va explotar
Yo me la quise sacar
bajando al metro al instante
mas la gente andaba errante
pues no podía subir
y me sentí sucumbir
de ahora para adelante.

III
Ya solo hay que andar de pie
y caminar rapidito
levantarse tempranito
muy cerquita de las tres.
Alguien dijo que después
la cosa será excelente
pues algunos influyentes
alegaran por usted
algún diputado y tal vez
la Sra. presidente.

IV
Hoy día todos se quejan
que el transantiago es muy malo
y lo que es a puro palo
lo meten entre ceja y ceja.
El viajar solo nos deja
lo que en el aire se siente
un olor tan pestilente
que me puse a reclamar
y el gobierno sin dudar
ha respondido al instante.

DESPEDIDA
Me toca la despedida
hoy me dicta la prudencia
pues se acaba mi paciencia
y mejor será la huida.
Con mi mente destruida
por no encontrar solución
les dejo en esta ocasión
como consejo de amigo
que no olvide lo que escribo
ni a la antigua locomoción.

Verso encuartetado

Que ya mis manos te queman

Que ya mis manos te queman
que son ásperas y duras
yo te toco con dulzura
y al aire mis besos suenan.

I

Cuantas veces yo lo quise
acercarme un poco a ti
cuantas veces te pedí
que te acercaras a mí.
Hoy tarde muy claro vi
que mis palabras no suenan
que mis besos por ti penan
aunque tu estés   a mi lado
y estoy tan ilusionado
que ya mis manos te queman.

II

Al cabo de tantos años
de trabajo interrumpido
hoy me ha llegado el olvido
y descubrí el desengaño.
Yo recuerdo que en antaño
me abrazabas con ternura
y decías con dulzura
tus manos son suavecitas
y hoy me dices muy clarita
que son ásperas y duras.

III

El tiempo no pasa en vano
los años te van matando
y el cuerpo te va cambiando
y se te nota en las manos.
Hoy me siento soberano
te lo diré con ternura
esto ya no es travesura
te lo digo y lo lamento
amor en todo momento
yo te toco con dulzura.

IV

Hoy te digo simplemente
tu indiferencia me mata
si te abrazo es una lata
aquí te lo hago presente.
Te diré primeramente
por ti mis labios hoy penan
y tus lamentos perdonan
mis ojos que siguen ciegos
yo me consumo en el fuego
y al aire mis besos suenan.

DESPEDIDA

Ya llego la despedida
de este verso encuartetado
y yo sigo enamorado
aunque no creas querida.
Dios quiera que en mi partida
tú no te olvides de mi
que del amor que te di
recates lo mejorcito
con esto termino el versito
que hoy escribí para ti.

Verso encuartetado

Por la salud de sus ojos

Hoy rezaré una oración
por la salud de sus ojos
que pueda ver a su antojo
después de la operación.

I
Este mi verso sincero
le mando en este correo
pues en el yo deseo
que se mejore primero.
Dolores sabe que quiero
que disfrute una canción
que baile de corazón
una vez recuperada
por eso aquí en mi almohada
hoy rezaré una oración.

II
Su gusto por el folclor
en mi mente queda claro
y aunque esto le salga caro
siempre entrega lo mejor.
Para bailar tiene arrojo
y saca trote al que es flojo
yo no me enojo por eso
y rezo con mucho seso
por la salud de sus ojos.

III
La medicina de hoy día
da mucha seguridad
yo le digo de verdad
que no pierda su alegría.
Esa preocupación de hoy día
que la olvide es mi consejo
y en este verso le dejo
mi pensamiento mejor
y que es pedirle al Señor
que pueda ver a su antojo.

IV
Vaya tranquila y segura
a presentarse al doctor
pues el hará lo mejor
muy seguro y sin premura.
Ud. tiene un alma pura
siempre entrega el corazón
y en el folclor es pasión
que contagia con su risa
hoy pido que vuelva a prisa
después de la operación.

DESPEDIDA
en el verso encuartetado
Que escribo en este momento
va todo mi sentimiento
en estas frases volcado.
es mi deseo anhelado
que todo le salga bien
que multiplique por cien
la visión de sus ojitos
Dolores yo le repito
que todo le salga bien.

Verso encuartetado

A poetisa María Eugenia

María Eugenia Miranda
gran poeta y escritora
tu invitación especial
yo te agradezco ahora.

I

Abro el computador
y me encuentro una sorpresa
que me escribe una princesa
y para mí es un honor.
Me dio un poco de rubor
preguntar por aquí quien anda
será alguno de parranda
o una niña muy discreta
o tal vez es la poeta
María Eugenia Miranda.

II

Yo me sentí sorprendido
cuando me dijo dos van
que se han integrado al clan
intégrate te lo pido.
La invitación no la olvido
me queda muy claro ahora
porque ese clan atesora
versadores y poetas
que con gusto te respetan
gran poeta y escritora.

III

Me impresiona la lectura
de tu prosa tan profunda
que en el mundo poco abunda
más tu verso si perdura.
Tienes una gran dulzura
y una fineza especial
escribes fenomenal
es justo que te lo diga
yo te agradezco mi amiga
tu invitación especial.

IV

En el clan ya somos tres
las poetas y el poeta
los nombro con mucha treta
tú, yo y persistiré.
Cada uno con su que
escribe lo que atesora
lo saca de su memoria
pa mostrarlo a todo el mundo
y con sentir muy profundo
yo te agradezco ahora.

DESPEDIDA

A los que vienen llegando
yo les voy a aconsejar
que se pongan a versear
pa que nos vayan ganando.
Yo partiré cantando
alegre de estar aquí
una amiga conocí
este verso es para ella
¡que le alumbren las estrellas!
y haga un verso para mí.

Verso encuartetado

Día de san Valentín

Quién dirá en este día
estoy feliz y contento
no puedo expresar que siento
casi lloro de alegría.

I
Muy temprano en la mañana
noté el ambiente muy raro
lo que oí no estaba claro
pues oía una campana.
Todos reían con ganas
en un gesto de alegría
me decían buenos días
con la cara llena de risa
y yo pensaba de prisa
quién dirá que en este día.

II
El celular muy temprano
tenía pegado a mi oreja
esperaba alguna queja
o un besito soberano.
Hoy lo digo con desgano
reconozco que lo siento
pues no sonó ni un momento
en todo el día esperando
más hoy lo digo cantando
estoy feliz y contento.

III
Es el día del amor
predican por todos lados
más yo estoy acongojado
créanmelo por favor.
Mi cara se enciende en rubor
al recordar el momento
pues todo mi sentimiento
se me escapó por los poros
yo les digo con decoro
no puedo expresar lo que siento.

IV
Si le digo que la quiero
de seguro no me cree
a ella nada le conmueve
aunque por ella yo muero.
En este verso sincero
le declaro vida mía
que esperaré todo el día
para ponerme contento
pensando en ese momento
así lloro de alegría.

DESPEDIDA
Día de san Valentín
en que se huele el amor
en que el mudo es un cantor
y el ciego expresa un sentir.
El muerto quiere vivir
y el vivo por amor muere
y aunque sufre no le duele
si el corazón se le agita
pues tiene viva la llamita
y el amor todo lo puede.

Verso encuartetado

Errar es humano

Que el errar es humano
que el perdón es divino
que este es nuestro destino
que si es chileno es mi
hermano.

I
Todos quieren recordar
lo que en Chile ayer pasó
la enseñanza que dejó
aquel periodo infernal.
Esa guerra fue fatal
pues peleaban entre hermanos
nadie se daba la mano
y Chile se separaba
pues ya nadie se acordaba
que el errar es humano.

II
Han pasado cuarenta años
y el dedo se mete en la llaga
y crece como una plaga
el dolor de aquellos años.
Muchos fueron los daños
de rojo pintó el camino
todo era un desatino
de Dios nadie se acordaba
y esta frase fue olvidada
que el perdón es divino.

III
Nuevamente habrá trinchera
guanaco y encapuchado
quizás más de algún baleado
en la esquina de una acera.
Producto de esta ceguera
a nadie importo un comino
que se cubriera el camino
de mucha pena y dolor
y lo pregono un cantor
que este es nuestro destino.

IV
¿El joven que culpa tiene
que lanza al uniformado
algún cuchillo acerado
cuando algún palo le viene?
Así el paco le detiene
agarrándole la mano
y en un acto soberano
le conmina a que se entregue
pues una verdad le mueve
que si es chileno es hermano.

DESPEDIDA
El estallido social
a Chile la abrió los ojos
entre gritos y despojos
el despertar fue genial.
Gracias al colegial
a su empeño y decisión
el presi sintió el remezón
y en un acto de cordura
anuncio ese caradura
la nueva Constitución.

Verso encuartetado

Porque será que el amor

Porque será que al amor
el tiempo lo va secando
para que dure un tiempazo
con gestos hay que regarlo.

I
Recuerdo que con siete años
Salíamos a jugar
y nos gustaba pelear
por saltar unos peldaños.
Lo veo hoy como antaño
cuando di mi primera flor
cuando conocí el amor
y tan solo era un chiquillo
sentía un comenzoncillo
porque será que el amor.

II
Casi 10 años pasaron
y seguíamos peleando
igual te seguía amando
y mis versos te gustaron.
Así pronto nos casaron
pues el amor va gustando
y dos niños fui criando
junto a ti querida mía
pero el amor de aquel día
el tiempo lo va secando.

III
El trabajo es necesario
pa mantener la familia
y lo pasas en vigilia
por trabajar de operario.
Sé que fui el destinatario
y cupido tiro el lazo
y loco por tus abrazos
te decía cada día
riega el amor vida mía
para que dure un tiempazo.

IV
La rutina va matando
el amor se va secando
y aunque hoy te sigo amando
ya no sé qué está pasando.
nos estamos alejando
voy a ser claro al hablarlo
tu amor quiero rescatarlo
de eso yo estoy seguro
el amor concreto y puro
con gestos hay que regarlo.

DESPEDIDA
Son un cuarto pa las doce
ya luego me iré a acostar
diré, para terminar
hay que evitar cualquier roce.
Para que nada destroce
la familia ni el amor
regando siempre esa flor
con astucia y armonía
con gestos de simpatía
verás que nada es mejor.

Verso encuartetado

"Nunca es tarde pa aprender"

Nunca es tarde pa aprender
ni temprano pa enseñar
mi nieta de siete meses
me lo acaba de mostrar.

I
Yo siempre me preguntaba
muchas veces pa callado
¿estará el mundo enojado?
y yo mismo me contestaba.
Muy solo yo me encontraba
es algo triste de ver
y aunque no lo pueda creer
bien tarde estoy aprendiendo
que lo paso mejor riendo
¡nunca es tarde pa aprender!

II
Soy niña dijo mi nieta
y quiero jugar contigo….
¡hoy saldré con mis amigos!
! pues nos vamos de tocata!
Vales igual que alpargata
me lo acabas de mostrar
porque prefieres cantar
así me lo has hecho ver
¡nunca es tarde pá aprender
ni temprano pa enseñar!

III
Hay que dar para recibir
dijo un poeta muy sabio
no recibirás desagravio
si procuras sonreír.
Ya no es necesario pedir
amor si lo das con creces
porque recibes mil veces
lo que entregas con amor
lo mostro como un favor
¡mi nieta de siete meses!

IV
Si muy serio y taciturno
si muy triste y amargado
melancólico o enojado
¡lo mismo llena tu entorno!
Recibirás con adorno
lo que acabas de entregar
y no debes criticar
si alguien te mira enojado
pues recibe lo que él ha dado
me lo acaba de mostrar.

DESPEDIDA
Voy a ser reiterativo
aunque tal vez les moleste
hay que reír aunque cueste
mientras su cuerpo este vivo.
Ya con esta me despido
pidiéndoles un favor
sonríanme por favor
así también reiré
así yo les mandaré
muchas sonrisas de amor.

Verso encuartetado

A mis nietos

Cuando mis hijos crecieron
y se fueron a casar
mi amor yo lo fui a volcar
en los nietos que me dieron.

I

La historia aquí se retrata
según lo que aquí he observado
hoy me siento condenado
a ser abuelito o tata.
Putas la mala pata
cuando a mí me lo dijeron
un gran gorro me pusieron
y yo me largue a reír
mas lo tuve que asumir
cuando mis hijos crecieron.

II

El primero que llegó
salió muy re vivaracho
con unos ojos de lacho
que al águelo los saco.
Mi nuera no perdono
lo que yo le iba a enseñar
mi hijo quiso parar
ese disgusto primero
se puso frac y sombrero
y se fueron a casar.

III

Padre soy reincidente
me dijo con mucho tino
así lo quiso el destino
serás tata nuevamente.
Dijo así tan simplemente
y no lo pude olvidar
pues me volvió a regalar
una linda nietecita
y en esta linda angelita
mi amor yo lo fui a volcar.

IV

Mi hija que es muy calla
y vio lo que me pasaba
me dijo eso no es nada
pa que sepa ya estoy preña.
Si así ha de ser qué más da
resiste bien la hinchazón
te digo de corazón
que una más no me incomoda
que yo pondré mi alma toda
pa darte mi bendición.

DESPEDIDA

Es difícil escribir
lo que quiero relatar
los tres nietos aquí están
haciéndome mal vivir.
Solo les quiero pedir
que no se olviden de mi
y aunque ya yo no esté aquí
estaré siempre a su lado
alejando a los condenados
con el amor que les di.

Verso encuartetado

Recibí mi finiquito

Esta pandemia mundial
me tiene desconcertado
porque nadie ha respetado
la justa distancia social.

I
Hoy me toco salir
a firmar mi finiquito
me enteré por un escrito
me acaban de despedir.
Por no querer sucumbir
la mascarilla he de usar
con distancia caminar
derecho a la notaría
y asustado me tenía
esta pandemia mundial.

II
Cinco meses que no salía
respetando la cuarentena
y miren la cosa buena
la calle de gente hervía.
La verdad nada entendía
miraba de lado a lado
en la fila apretujado
la mascarilla mal puesta
el descuido por la cresta
me tiene desconcertado.

III
Ya nadie ve las noticias
ni teme a las consecuencias
parece que a las conciencias
solo aceptan las caricias.
Las instancias son propicias
para este comunicado
hay que seguir encerrado
lo ordena así la prudencia
y no caer en la urgencia
porque nadie ha respetado.

IV
Después de mucho esperar
recibí mi finiquito
el billete fue poquito
Pensé en poderlo guardar.
Nomás a mi casa llegar
en un acto sin igual
mi señora en el umbral
me esperaba sonriente
y se acabó de repente
la justa distancia social.

DESPEDIDA
Quiero dejar un consejo
en esta la despedida
y es que proteja su vida
si quiere llegar a viejo.
Del virus yo me protejo
usando la mascarilla
y aunque me hace cosquilla
no me la saco por nada
hasta ya estar en la almohada
durmiendo que es maravilla.

Verso encuartetado

Se acaba el confinamiento

Se acaba el confinamiento
por fin ya podré salir
si es que no tengo cuidado
tal vez me pueda morir.

I
La noticia de este día
se expandió por la ciudad
ya no habrá confinidad
¡hay señores que alegría!
Con mi mente todavía
atesorando el momento
me fui corriendo les cuento
casi a punto de llorar
a mis hijos a abrazar
¡se acaba el confinamiento!

II
La mascarilla en la boca
en las manos mucho gel
hay que cuidarse muy bien
si es que salir le provoca.
Ud. no se haga la loca
perdone por insistir
porque puede sucumbir
si no respeta distancia
yo, gracias a mi constancia
por fin ya podré salir.

III
Las calles abotargadas
las ferias pa que decir
cuando dijeron salir
salieron descontroladas.
Las medidas olvidadas
el pueblo desesperado
en el mall aglomerado
solo pensando en comprar
seguro me he de enfermar
si es que no tengo cuidado.

IV
El mundo como ha cambiado
nunca más va a ser igual
cual si yo abriese un portal
así me siento asombrado.
Todo el mundo distanciado
no lo puedo concebir
que ya no pueda asistir
a una fiesta y abrazar
pues si no me se cuidar
tal vez me pueda morir.

DESPEDIDA
En este verso confieso
siento ganas de llorar
por no poder abrazar
a quienes yo tanto quiero.
Para mis nietos espero
la vida sea mejor
que nunca muera la flor
tampoco el entendimiento
así yo me iré contento
a una vida mejor.

Verso encuartetado

Desde la China ha llegado

Desde la China ha llegado
viajando de polizón
dejando en cada nación
por miles los   contagiados.

I
Más liviano que el suspiro
de porte casi invisible
ha causado un daño horrible
hoy se lo cuento y me admiro.
Tan solo basta un respiro
para quedar contagiado
y a la muerte condenado
si no acude a un hospital
porque este bicho infernal
desde la china ha llegado.

II
Las naciones en conjunto
tomaron seria medida
evitando de partida
que nadie llegue a difunto.
Es tan serio este asunto
les digo de corazón
que se buscó solución
inventando una vacuna
el bicho llego en ayuna
viajando de polizón.

III
No habrá fonda ni ramada
pa celebrar el dieciocho
al virus yo le reprocho
que no habrá fiesta ni nada.
Cada familia encerrada
lo amerita la ocasión
es la mejor protección
contra este virus viajante
que va la muerte al instante
dejando en cada nación.

IV
Las naciones se han unido
pidiendo de corazón
que llegue la sanación
todas juntas lo han pedido.
Si Ud. de su casa ha salido
andando por todos lados
olvidando los cuidados
su vida está arriesgando
pues ahora están contando
por miles los contagiados.

DESPEDIDA
Al despedirme yo llamo
a brindar por los doctores
que calman nuestros dolores
con justicia lo proclamo.
A agradecer por lo sano
al gremio de la salud
brindemos con prontitud
por el trabajo abnegado
que a medio Chile ha salvado
lo digo con gratitud.

Verso encuartetado

A una vida mejor

Se acaba el confinamiento
por fin ya podré salir
si es que no tengo cuidado
tal vez me pueda morir.

I
la noticia de este día
se expandió por la ciudad
ya no habrá confinidad
¡hay señores que alegría!
Con mi mente todavía
atesorando el momento
me fui corriendo les cuento
casi a punto de llorar
a mis hijos a abrazar
¡se acaba el confinamiento!

II
La mascarilla en la boca
en las manos mucho gel
hay que cuidarse muy bien
si es que salir le provoca.
Ud. no se haga la loca
perdone por insistir
porque puede sucumbir
si no respeta distancia
yo, gracias a mi constancia
por fin ya podré salir.

III
Las calles abotargadas
las ferias pa que decir
cuando dijeron salir
salieron descontroladas.
Las medidas olvidadas
el pueblo desesperado
con el mal aglomerado
solo pensando en comprar
seguro me he de enfermar
si es que no tengo cuidado.

IV
El mundo como ha cambiado
nunca más va a ser igual
cual si yo abriese un portal
así me siento asombrado.
Todo el mundo distanciado
no lo puedo concebir
que ya no pueda asistir
a una fiesta y abrazar
pues si no me se cuidar
tal vez me pueda morir.

DESPEDIDA
En este verso confieso
siento ganas de llorar
por no poder abrazar
a quienes yo tanto quiero.
Para mis nietos espero
la vida sea mejor
que nunca muera la flor
tampoco el entendimiento
así yo me iré contento
a una vida mejor.

Verso encuartetado

A Daniel en su cumpleaños

Árbol frondoso y fornido
de muy profundas raíces
se nutre de sus recuerdos
de gratos ratos felices.

I
Te conocí en el folclor
entre cantos y guitarras
sacando jugo a las parras
como eximio bebedor.
Como gran compositor
te hiciste muy conocido
tus versos con gran sentido
caían hoja por hoja
como el viento que deshoja
árbol frondoso y fornido.

II
Con buen porte o estatura
tu bajas del mismo cielo
tus versos que sin desvelo
hoy vuelcas en la escritura.
Así, con gracia y finura
pasas tus días felices
visitado por las actrices
que te regalan amor
 que crece cual bella flor
de muy profundas raíces.

III
Viajaste a Constitución
a vivir tu senectud
ser feliz por actitud
fue tu meta y tu razón.
Palpita tu corazón
entre los cielos y avernos
por caminos siempre eternos
tu mente viaja y conspira
mientras tu cuerpo respira
se nutre de sus recuerdos.

IV
Allá a la perla de Maule
a Quivolgo, ¡sí señor!
te fuiste poeta cantor
al que todo el mundo aplaude.
Eres cual fino sable
que apunta sus directrices
usando finos matices
rodeado de tus amores
que te llenan cual las flores
de gratos ratos felices.

DESPEDIDA
A ti Daniel Aguilera
va este verso que es sincero
escribo con gran esmero
crujiéndome la mollera.
Por cierto que más quisiera
abrazarte en tu cumpleaños
rogando que en muchos años
visites al padre Adán
y en ese gran restaurant
escribas tus desengaños.

Verso encuartetado

Solito yo vine al mundo

Solito yo vine al mundo
Solo me tengo que ir
Me embargara la tristeza
Cuando deje de existir.

I

Solo estoy otra vez
como cuando yo nací
de niño contento viví
como en agua vive el pez.
Sorteando cada revés
en saber yo fui fecundo
vi lo alto y lo profundo
muy atento y pensativo
pero un hecho no lo olvido
solito yo vine al mundo.

II

La vida que me ha tocado
desde que al mundo llegue
fue de traspiés en traspiés
igual yo fui afortunado.
Tantas veces he llorado
Mas me vieron sonreír
y hoy que me siento morir
de pena y de soledad
me doy cuenta que en verdad
solo me tengo que ir.

III

¿dónde se irán mis recuerdos?
¿dónde irán mis pensamientos?
¿Dónde aquellos momentos
¿De dicha y felicidad?
¿Dónde se ira la amistad?
¿Dónde ira aquella promesa?
cuando compartí tu mesa
de amor en el casamiento
recordando ese momento
me embargara la tristeza.

IV

Mi Dios pido fortaleza
hoy me brota el sentimiento
de amor en el casamiento
donde fue aquella promesa.
Agradeceré si Ud. reza
cuando me tenga que ir
tranquilo habré de partir
con rumbo desconocido
y quedaré en el olvido
cuando deje de existir.

DESPEDIDA

Quisiera dejar un verso
de amor para quien me quiso
ya por verdad o compromiso
ya fuese claro o disperso.
hoy que me voy les converso
con un nudo en la garganta
que soy cual grillo que canta
en una noche de luna
¿abre de volver a una cuna,
a un animal o a una planta?

Verso encuartetado

El tiempo en que yo nací

El tiempo en que yo nací
llovía con entereza
había carroza y tranvía
y se lavaba en artesa.

I
Mi padre era carnicero
mi madre una lavandera
existía la tetera
también el hojalatero.
Se refrescaba el guargüero
con pipeño o chacolí
la chanfaina con ají
nos servía de comida
y mi mente nunca olvida
tiempo en que yo nací.

II
En Hernando de Magallanes
de número tres siete dos
les cuento ahí crecí yo
entre chacras y canales.
Los caminos eran barriales
lo recuerdo con tristeza
pues se inundaba la pieza
cuando el canal se salía
y en invierno cada día
llovía con entereza.

III
Mi papá recuerdo fumaba
particular "corcho" o "hambré"
quita callos pa los pie
pal pelo gomina usaba.
Si zapatero arreglaba
todita la suelearía
mientras yo, de niño veía
cuando llegaba el lechero
también ahora me entero
había carroza y tranvía.

IV
Todo empezó a cambiar
llego la tecnología
sin cables, quien lo diría
lo que llaman celular.
A la luna hay que llegar
como un acto de grandeza
el notebook sobre la mesa
para video hablar
una máquina pa lavar
¡y se lavaba en artesa!

DESPEDIDA
Este encierro me ha servido
pa recordar mi camino
agradezco a mi destino
por todo lo que he vivido.
Lo bailado y lo comido
me causó mucho placer
y no me voy a correr
si la pandemia me alcanza
pues lo bueno en mi balanza
siempre voy a agradecer.

DECIMAS AL AMOR

De los amores vividos
guardo muchos sinsabores
alegrías sin resquemores
de ratos mal compartidos.
Mi corazón ya transido
de penas y desconsuelo
busca guardarse en el suelo
y ahí su pena enterrar.
Seguro volverá a amar
para pasar ese duelo.

Por culpa del amor
aquí me encuentro escribiendo
lo que ahora está leyendo
y hoy me hace mandar una flor.
Olvidemos el dolor
los malos ratos pasados
celebremos abrazados
el flechazo de Cupido
y en este verso les digo
¡ vivan los enamorados!

¿A quién regalo una flor?
¿A quién la mejor sonrisa?
¿A quién mi alma cobija?
¿A quién entrego mi amor?
¿A quién causará dolor
el amor en su destino?
¿Quién encontrará el camino
de dicha y felicidad?
¿Quién alegre estará
cual eterno Valentino?

En lo bello de una flor
en una sutil caricia
o en una linda sonrisa
ahí se encuentra el amor.
Cuando calmas el dolor
de aquel ser más querido
así, el amor más sentido
se refleja cada día
brindando mucha alegría
por mucho que hayas sufrido.

Nunca he visto tanto amor
ni tanta fascinación
se alegra mi corazón
por esta naciente flor.
Es mi consejo mejor
amarse cual primer día
soñar que la lejanía
del tiempo la vivan juntos
y que después de difuntos
se amen más todavía.

Cuántas canciones de amor
cuántos besos entregados
cuántos tan enamorados
hoy lloran a este cantor.
A cuantos invade el dolor
al saber de su partida
triste será la amanecida
gran pesar es lo que siento
adiós gran Camilo Sesto
mi alma te llora dolida.

La vida pasa volando
mas vivir es lo que cuenta
se celebran los cuarenta
de que me fueron "cazando".

Ahora lo digo cantando
el matrimonio es hermoso
es como un árbol frondoso
regado con puro amor
y cada hijo es la flor
de este árbol prodigioso.

Ya estamos en primavera
estación de bellas flores
donde nacen los amores
y los ojos arman guerra.
El alma al amor se aferra
clava su flecha Cupido
y el corazón dolorido
palpita de puro contento
sacando provecho al momento
cuando el invierno se ha ido.

A usted, que es muy letrado
pregunto qué es el amor
¿Es regalar una flor?
¿Es caminar a su lado?
El vivir enamorado
es aceptar los errores,
es sufrir con los dolores
de a quien le dices te quiero,
también perdonar primero
y esmerarse en favores.

Gracias por este placer
de haber llegado a este mundo
con sentimiento profundo
yo te agradezco mujer.
Por ti yo vi florecer
las semillas del amor
te mereces una flor
por ser quien nos da la vida
por Dios fuiste la elegida
como madre del Señor.

Cuando un amor se aleja
queda un vacío en el alma
y el corazón no está en calma
solo es llantos y queja.
Regresa pronto... regresa,
que nada amor te detenga,
que este clamor te mantenga,
es algo que pido a Dios.
En casa te esperan dos,
que vuelva mi amor que vuelva

El beso de la mujer
es una cosa muy rica
con la boca lo practica
y nos da grato placer.
Y es que en todo menester
el beso es signo de amor
dame un beso, por favor,
que me haga subir al cielo
que me eleve en dulce vuelo
y me toque el corazón.

Qué cosas tiene el amor
que es a primera vista?
No hay razón que lo resista
ni aún el consejo mejor.
Ni aunque te cause dolor
el flechazo de Cupido,
feliz habrás sucumbido
a la chispa de esos ojos
y habrás caído de hinojos
de amor por siempre rendido.

Ya llegó la primavera
con su ropaje florido,
con ella viene cupido
a alegrar el alma entera.
Usted no se quede afuera
disfrute el tiempo mejor,
regale un verso, una flor,
a su amada o a una amiga
o a su madre si está viva
en la estación del amor.

Al fin y al cabo el amor,
es algo que no se toca
mas mucho placer provoca
o algunas veces dolor.
No existe mejor sabor
que un beso correspondido
pues si te acierta Cupido
con su flecha matadora
de un aroma es portadora
que te embota tu sentido.

Que el 14 de febrero
es una fecha especial
en que todos por igual
andan diciendo ¡Te quiero!
Mas, el amor verdadero
no es amor de un solo día,
yo lo afirmo todavía
ahora que ya estoy viejo,
sigo amando y no me quejo
¡Venaiga la suerte mía!

Para Ud. que es mi amiga
en el día del amor
voy a poner una flor
que muchas cosas le diga.
Pido a Dios me la bendiga
en este día especial
y que todas por igual
reciban un lindo saludo
amigas, yo no lo dudo
será un día celestial.

Nunca olvides que al amor
hay que regarlo con hechos
nunca dejes de dar besos
o regalar una flor.
Regala, si eres cantor
la más linda serenata
a quien con amor te mata
y te llena de pasión
y entrégale el corazón
a quien con amor te trata.

De tanto amor que he entregado
a quienes me han querido
me siento fortalecido
como un árbol bien regado.
Así como amor he dado
así yo lo he recibido
si alguna vez he sufrido
nadie supo mi dolor
pues siempre triunfo el amor
cuando fui correspondido.

Amor a primera vista
embotaste mi sentido
no sabes cuanto he sufrido
de eso culpé al oculista.
No hay corazón que resista
el flechazo de cupido
a mí me ha dejado herido
con su certero flechazo
fue cual relampagazo
que aquí lo llevo escondido.

MISCELÁNEOS

El folclor esta de duelo
Chile llora la partida
de nuestra Margot querida
que hoy se nos ha ido al cielo.
Siento un gran desconsuelo
cantar no será lo mismo
pues ha dejado un abismo
que nadie podrá llenar
fue folclorista sin par
desde que fue su bautismo.

Si tú eres un peatón
transita por tu derecha
en una vereda estrecha
evitas un empellón.
Es de mala educación
no respetar a un anciano
pues aquel de pelo cano
tiene toda preferencia
controla ya esa impaciencia
y al cruzar dale una mano.

Amigo el celular
puede ser de mucha ayuda
te sirve cuando en la duda
lo mejor es preguntar.
Si uno te vas a comprar
procura que sea bueno
ni muy grande ni pequeño
que te quepa en el bolsillo
así no has de quedar pillo
y ha de servir a su dueño.

Para todo aquel chileno
que sintió el gran sacudón
elevemos esta oración
deseándoles todo lo bueno.
Se ha sacudido el terreno,
se suspendió la pampilla
y un curado palomilla
dijo quiero un terremoto
mientras con gran alboroto
arrancaba una chiquilla.

Rauda va caminando
rapidito a su trabajo
la cartera bajo el brazo
no camina… va trotando.
Mientras corre va pensando
nuevamente a la rutina
ya va llegando a la esquina
se prepara mentalmente
en la puerta hay un cliente
¡otra semana termina!

Ha despertado el Calbuco
bramando como un torito
cenizas a gorgorito
nos cubren como un estuco.
En un rincón me acurruco
pensando en mi parentela
en los primos, en la abuela
que arrancan de la erupción
y escapan de aquel colchón
de cenizas piedra y arena.

El sepelio de una amiga
me ha dejado así...tristón
helado mi corazón
disculpen que se los diga.
Hoy día de amanecida
el alma me dio un respingo
hay que afirmarse en el pingo
haciendo honor al destino
y andar y andar el camino
que cerca el final distingo.

¿Será necesario un día
pa' saludar a los niños?
¿pa' demostrarles cariño
y entregarles alegría?
Yo recuerdo todavía
fulgores de mi niñez
era feliz como un pez
con una pelota de trapo
y aunque vestía de harapos
quisiera vivirlo otra vez.

Hoy falleció Juan Gabriel
qué lamentable noticia
alguien nos dio la primicia
y muchas lloraron por él.
Hay tantos fans por doquier
que hoy lloran en su partida
con el alma dolorida
andan mojando el camino
¡poeta y cantante genuino
en el cielo tendrás cabida!

Ha comenzado el verano
el calor nos alborota
en el metro cae la gota
el reclamar es en vano.
Este viaje cotidiano
mi amigo, es denigrante
por detrás o por delante
lo aprietan como sardina.
de sauna parece cabina
y el olor es asfixiante.

Orgulloso de ser chileno
admiro la cordillera
me gusta mi patria entera
no encuentro país más bueno.
Si llego a nacer de nuevo
si yo pudiera escoger
en Chile quiero tener
mi casa, amor y destino
alzar mi copa de vino
y a mi Dios agradecer.

Amanecí resfriado
y no me explico el motivo
siempre me cuido y me abrigo
y desperté constipado.
Estornudo a lado y lado
con un fuerte romadizo
yo, que soy un gallo castizo
tendré que quedarme en cama
mi señora me reclama
¿Dónde anduvo? Y ¿qué hizo?

Ya terminé de censar
contento por mi labor
Chile me pidió un favor
no dudé en colaborar.
Puerta por puerta tocar
con sonrisa muy amable
caminar es saludable
lo dijo el supervisor
tu trabajo has con amor
ya verás que es agradable.

Hoy Coyahue te despide
gran amiga y compañera
tu eres cual primavera
tu risa y tu canto vive.
Hay un buen Dios que decide
cuando es hora de partir
solo nos cabe decir
esta no es despedida
pues Coyahue no te olvida
y en su canto has de vivir.

En un partido vibrante
Chile mostró su garra
aplaudido por la barra
que apoyaba a cada instante.
Sigamos siempre adelante
ganando muchas finales
Bravo atajó tres penales
y Chile cantó victoria
el domingo será la gloria
ganando a los alemanes.

Gracias doy a la vida
que me brinda este placer
feliz cumpleaños mujer
mi hija linda y querida.
Fuiste tú mi consentida
en tiempos de la niñez
tus dos hermanos después
compartieron mi cariño,
hoy, más contento que un niño
yo te saludo otra vez.

Tempranito en la mañana
cuando me estoy levantando
la radio me está acompañando
mientras abro mi ventana.
Alegra cual gran campana
con canciones y noticias
nos regala mil caricias
locutora o locutor
gracias por este favor
¡Lo digo con mil albricias!

El dolor se lleva dentro
escondido en un rincón
si entonas una canción
habrás de hacerlo contento.
Que se note el sentimiento
a la hora de cantar
que no te vean llorar
si alguna pena te aqueja
¡Deja atrás la tristeza
la vida ha de continuar!

En una sonata final
escrita como un clamor
al cielo subió el director
hacia el mundo celestial.
Allá se habrá de encontrar
no cabe ninguna duda
con el alma ya desnuda
de aquella querida Violeta
y la de su amigo poeta
nuestro gran Pablo Neruda.

Hay que aprender a perder
y a valorar al que gana
dejando atrás la maña
aportillar y hablar mal de él.
Mejor llegar en tropel
a abrazar al amigo
del triunfo ser sus testigos
pensando en que tenga más
no hablar de él por detrás
con gran respeto lo digo.

El año viejo se va
ya le quedan pocas horas
los ratos buenos valoras
el tiempo se va, se va.
La mesa ya lista está
esperan los comensales
pasa en todos los hogares
que se unen en año nuevo
yo desde aquí les deseo
salud y felicidades.

Hoy recuerdo a mi padre,
sus bigotes, su cigarro.
lo veo pisando el barro
secando adobes al aire.
Voló junto a su compaire
dejándonos mil recuerdos
aromas a pasto y a cedro
aliento de vino cansado
mi viejo, no te he olvidado
¡Salud¡hoy brindo por recuerdo!

Hoy saludo a la mujer
por toda su fortaleza
por su gracia y su belleza
que nos causan gran placer.
Es preciso agradecer
en este día especial
a toditas por igual
madre, hija o esposa
aquí les dejo una rosa
y mi admiración sin igual.

Agradezco a mis amigos
los saludos de cumpleaños
sesenta y nueve los años
siete nietos los testigos.
Hoy me cubren los abrigos
de cada saludo sincero
cada abrazo verdadero
lo guardo en mi corazón
fueron tantos ¡Qué emoción!
llorar de alegría no quiero.

Hay que aprender a vivir
a saltos y a costalazos
sacando de cada porrazo
experiencia pa' subsistir.
Si ayer nos tocó reír
o en una de esas rabiar
de lo malo rescatar
enseñanza para el mañana
feliz, abre tu ventana
dispuesta a reír y cantar.

Tengo un secreto guardado
que no les voy a contar
no lo puedo divulgar
por más que me han preguntado.
Alguna pista ya he dado
de esto que debo callar
estoy a punto de estallar
para lanzar la noticia
que será una gran primicia
se los puedo asegurar.

La vida no pasa en vano
yo no me enojo por eso
el frio cala hasta el hueso
hoy quiero llegue el verano.
Propongo dar una mano
al hombre desamparado
al que se siente olvidado
regálele un té caliente
o un gorrito pa' su frente
y será recompensado.

Quiero brindar esta copa
por este Chile querido
yo me siento bendecido
con esta mi vida loca.
Si a mí hoy llorar me toca
lo haré con una sonrisa
pa' que se aleje de prisa
alguna pena o tristeza,
así el diecinueve se aleja
entre cueca chicha y brisa.

Después de tanto festejo
bailando como condenao
con mis bolsillos pelaos
este consejo les dejo.
Si va a beber por parejo
vino, cerveza o pipeño,
amigo no frunza el ceño
y del auto entregue su llave
evite un percance grave
y será mejor chileno.

¿Qué es lo que tienes Señor,
que todo el mundo te sigue
que solo feliz se vive
al amparo de tu amor.?
Hoy se acrecienta el dolor
que nos dejó tu tortura
pues ni la espada más dura
pudo quebrantar tu fe
el mundo te llora otra vez
Cristo amor y dulzura.

Ya estamos en primavera
estación de bellas flores
donde nacen los amores
y los ojos arman guerra.
El alma al amor se aferra
clava su flecha Cupido
y el corazón dolorido
palpita de puro contento
sacando provecho al momento
cuando el invierno se ha ido.

En este día especial
he de darme un gran placer
saludar a la mujer
en el día internacional.
Dios no inventó nada igual
Pa' poderlas comparar
y a toditas he de amar
sean gordas o flaquitas
sean feas o bonitas
por ellas voy a brindar.

Este es día especial
para ti que eres mujer
gran cuidado has de tener
con un flagelo mundial.
En el día internacional
de esta cruel enfermedad
previénete por bondad
de dolores en tu pecho
lo pido por el derecho
que me brinda la amistad.

¿Ya volviste a trabajar
muy alegre descansado?
o al revés, muy enojado
por tener que regresar?
Me tienes que disculpar
pues a la playa regreso
para sacar más provecho
a esta triste cesantía
que cargo con la alegría
de quien está satisfecho.

Señores, ¿Qué está pasando?
¿Alguien lo puede saber?
Nuestro sol no es un placer
pues nos está achicharrando.
Hay que salir arrancando
de las horas de calor
echarse un buen protector
si quieres ir a la playa
o usar una gran chupalla
pa' protegerse del sol.

A las niñas del folclor
hoy las quiero sorprender
en el día de la mujer
con una preciosa flor.
Que reciban mucho amor
en este día especial
y que todas por igual
reciban un lindo beso
de este huasito travieso
que hoy las quiere saludar.

El folclor esta de duelo
falleció Eduardo Guzmán
esperándolo estarán
amigos allá en el cielo.
Pido que tengan consuelo
los parientes que aquí deja
una gran pena me aqueja
pues se nos va un Quelentaro
hoy Chile lo tiene claro
que un gran poeta nos deja.

Voy a echar en mi equipaje
tierra, madera y guitarra,
también una escoba que barra
pena, rabia o mala frase.
Echaré algo que encaje
con vino o comida rica,
arrollado o papa frita,
la cosa es pasarlo bien,
por eso llevo también,
la mano que aprieta a Arica.

Tres hijos nos dio la vida
Regina, Javier y Eduardo,
la alegría me la guardo
junto a mi vieja querida.
Hoy día de amanecida
cantamos feliz cumpleaños
saldré a comprar un engaño
dijo la vieja cantando
mientras estaba rogando
¡Qué ninguno sufra daño!

Dejo mi testamento
por si acaso no regreso
de plata no dejo un peso
toda la gasto al momento.
Dejo mi sentimiento.
mi amor a mi Chile añejo,
a mis hijos yo les dejo
un mandato muy sentido
que se mantengan unidos
es mi mandato de viejo.

Muy temprano en la mañana
en el día de su santo
apenas yo me levanto
saludo a todas las Ana.
Quisiera de buena gana
hacerles una canción
poniendo mi corazón
y todo mi sentimiento
mas, tan solo por el momento
les mando una bendición.

Ayer se murió mi perra
aún no lo puedo creer
porque hoy la volví a ver
como siempre allá afuera.
Tengo un nudo aunque no quiera
que me aprieta la garganta
porque al fin mi pena es tanta
pues me falta ese cariño
que me daba como un niño
vamos… no llores ¡Aguanta!

Que ganes una medalla
es lo que todos queremos
te apoyamos los chilenos
desde el presi al más canalla.
Que superes cualquier valla
porque eres ya un campeón
pues tienes a la nación
pendiente de tu futuro
y hasta el creyente más duro
hoy te eleva una oración.

Leonardo se fue a los cielos
en una noche estrellada
acá quedo su balada
de amores y desconsuelos.
Tristeza de niños y abuelos
al saber que se ha marchado
que todo ese amor cantado
remeció los corazones
y con sus bellas canciones
vibramos enamorados.

No peleemos por el mar
con los amigos peruanos
porque son nuestros hermanos
plaza de armas lo ha de palpar.
Si ellos vienen a trabajar
pa' que descanse el chileno
si el gobierno dice que bueno
haciendo la vista gorda
¿qué importa que por la borda
se vaya el acuerdo ayeno?

Hoy día subió la bencina
mañana sube el peaje
y aceptamos el pillaje
con nuestra piel de gallina.
Una huelga se avecina
con sabia y justa razón
Usted que tiene un camión
escuche a su directiva
o apoye la iniciativa
entregando su opinión.

Ha llegado el verano
por fin me podré bañar
en la playa nudista y mirar
así…como con desgano.
Haré sombra con mi mano
para mirar a mi antojo
de repente me hare el cojo
para así mejor catear,
el sol empezó a calentar
mejor ¡Al agua me arrojo!

Viernes cuatro de enero
en el año dos mil ocho
hay un abuelo dichoso
más que viejo pascuero.
El recuerdo es muy certero
por más que pasen los años
Martina, de ojos castaños.
De eso han pasado cinco
hoy repito con ahínco
¡Qué tenga feliz cumpleaños!

Que mañana a ti mujer
te regalen mucho amor
y con una simple flor
te llenes de gran placer.
Tú muy claro has de tener
que eres reina en el hogar,
que no sabes descansar
y trabajas como hormiga.
pido a Dios que te bendiga
a ti, mujer, madre y amiga.

En el año ochenta y cinco
día marzo diecinueve
mi corazón se remueve,
de contento, canto y brinco.
Hoy te digo con ahínco
mi querido hijo Eduardo
que en darte un beso no tardo
por ser tu feliz cumpleaños
que vivas por muchos años
a diosito se lo encargo.

¿Quién aparecerá
en la ventana papal?
¿quién será el celestial
que la iglesia regirá?
La noticia ya aquí está
Francisco se llama el Papa,
ya la alegría se escapa
desde la casa de Roma,
al mirarlo ya se asoma
una luz en su corona.

Naciste un ocho de mayo
del año setenta y seis
hoy cumplirás treinta y seis
y qué regalarte no hallo.
Unas papitas con mayo
pa' acompañar el asado,
hijo, estoy emocionado
de verte un hombre de bien,
pasen años, más de cien
yo siempre estaré a tu lado.

Muchas gracias madre mía
por ponerme en este mundo
con el amor más profundo
lo agradezco cada día.
Ya no tengo la alegría
de tenerte aquí a mi lado,
hoy triste y acongojado
vuelvo a decir que te quiero,
y que solamente espero
volver a estar a tu lado.

Fuiste el fruto primero
de esta familia naciente
llegaste así, de repente
en un invierno severo.
Hoy hijita solo espero
que sea feliz tu vida,
que nada abra una herida
en tu lindo corazón,
que rías con emoción,
mi linda hija querida.

Hoy día empezó el invierno
y el frio cala los huesos
y se oyen muchos rezos
para que acabe este averno.
Pidamos al Padre Eterno
que la lluvia pronto llegue
para que el frio despegue
con toda su enfermedad
Cristo Señor, ten piedad,
perdona que te lo ruegue.

Agregaré un año más
en el baúl del recuerdo
agradeciendo al Eterno
por ese que quedo atrás.
Sigo buscando la paz
en cada año que pasa
feliz estoy en mi casa,
ya no busco otro destino
¿aquí acabará mi camino
junto a mi vieja mañosa?

Desde Arica a Punta Arenas
las olas nos asustaron,
varios metros se elevaron
causando sustos y penas.
Por cierto en Yerbas Buenas
pudieron dormir tranquilos,
no fue lo mismo en Los Vilos
ni en toda la costa chilena
donde hubo gran susto y pena
y de angustia varios kilos.

Sé que voy a morir
cumplo la ley de la vida
¿quién estará en mi partida?
¿quién dejará de asistir?
Llevaré de suvenir
recuerdos en mi cabeza,
daré gracias con largueza
por los momentos pasados
y espero ser perdonado
por errores y flaquezas.

Saludo a Francisca Olate
en este día especial
su belleza sin igual
me deslumbra a cada instante.
En estudiar es constante
en eso salió a su abuelo
por eso es que aquí me esmero
en mandarle este saludo
más linda que tú, lo dudo
Francisca mucho te quiero.

En los ojos se refleja
el momento de alegría
que en solo un rato este día
gran enseñanza nos deja.
Quizás la ropa esté vieja
más de una arruga en las manos,
los cabellos todos canos
por esos años pasados
que esas huellas han dejado
en nuestros queridos ancianos.

A usted, que es muy letrado
pregunto qué es el amor
¿Es regalar una flor?
¿Es caminar a su lado?
El vivir enamorado
es aceptar los errores,
es sufrir con los dolores
de a quien le dices te quiero,
también perdonar primero
y esmerarse en favores.

Amigos, no soy poeta
ni menos un payador,
mucho menos verseador,
tampoco un anacoreta.
El año ya se completa
pronto será navidad,
que el amor y la amistad
renazcan en cada casa
aunque mi mente es escasa,
lo deseo de verdad.

¿Es un juguete un cuchillo?
¿lo es una metralleta?
¿crees que es buena treta
regalar eso a un chiquillo?
Regala mejor un castillo
de dulces y marionetas
una flor, dos bicicletas
o si no tienes dinero
regala un mundo entero
de mil hermosas cuartetas.

Amigos, estoy contento
ganamos el festival
villancico sin igual,
puro amor y sentimiento.
El autor está contento,
Trio del Aire también.
Los amigos, más de cien,
aplauden el villancico
¡Gracias Niño bendito!
¡Gracias mi Jesús y amén!

Si a usted no le han regalado
una flor o un chocolate
le pido que no se mate
ni que se sienta apenado.
Tiene que tener cuidado
y ser todo un caballero
y en regalar ser primero
aunque sea un simple beso
hoy día no se haga el leso
y en dar amor sea certero.

Los ojos de la mujer
son la cosa más bella
pues brillan como una estrella
en un bello atardecer.
Que nadie me quite el placer
de poderles saludar
en este día especial
a cada una de ustedes
y de estas cuatro paredes
un beso les voy a mandar.

Hoy brindo por la mujer
que es madre y trabajadora
no descansa a ni una hora
y alegra el amanecer.
A mí me parece ver
que todas son muy hermosas,
son limpias, son hacendosas
cuando tienen un hogar
y nunca deben faltar
en esta tierra preciosa.

En el san Juan de Dios
Javier nació y me sonrió
recuerdo que hacía frio
pues nublado amaneció.
El tiempo raudo pasó
y hoy celebra su cumpleaños,
yo le digo sin engaños
que trabaje como gringo
día de semana o domingo
como yo la hacía antaño.

Dicen que en Concepción
el agua tiran con baldes
gruesas gotas por los aires
que inundan cualquier rincón.
Hay que encender el fogón
o arrimarse a una chiquilla,
un mate con sopaipilla
para así entrar en calor,
con guariznaque mejor
y con la pava en la hornilla.

Justo es que alcance la gloria
por su arrojo sin igual.
nuestro himno nacional
en el estadio hará historia.
El hincha con mucha euforia
cantará a todo pulmón,
unida está la nación
para hinchar todo el partido
¡mi diosito yo te pido
que Chile sea campeón!

Es hora de celebrar
ese triunfo tres a cero
pues Chile como ninguno
se dio maña pa' ganar.
Ya tranquilos a esperar
ese próximo partido
contra España muy unido
Chile saldrá a triunfar
el triunfo ha de conquistar
con su espíritu aguerrido.

Muy contento y halagado
yo me encuentro en este día
en que con gran alegría
un año más he sumado.
Mis hijos y nietos me han dado
regalo pa' mis sentidos
que es verlos así, unidos
como pétalos en flor
¡gracias te doy mi Señor
por gratos momentos vividos!

Alemania toca y toca
Brasil está consternado
la pelota en un puro lado
cinco veces la malla toca.
Se enmudece la boca
de la hinchada brasileña
por el suelo se despeña
la figura del campeón
que pierde con papelón
y enloda su verde enseña.

Gran alegría me diste
al verte entrar muy callado
qué bueno que has regresado,
aunque cansado, volviste.
Estaba contento y triste
por el nuevo desafío
pasando el último rio
te mandaron a trabajar
y acá era solo pensar
vuelve ya pronto hijo mío.

El amor correspondido
te llena el alma y los ojos
te hace perdonar los enojos
que pasan pronto al olvido.
Cuando el amor ha partido
El cielo se vuelve oscuro
pasa el tiempo sin apuro
te inunda la soledad
y a tu vida de verdad
ya no le encuentras futuro.

Cuando la vida se va
mueren penas y alegrías
y vuelven aquellos días
llenos de felicidad.
Dios que es todo bondad
te recibe muy contento
y es que llegado el momento
solo resalta lo bueno
y al dolor le pone freno
con un justo avenimiento.

Que si me miro al espejo
yo recuerdo tu figura,
en tus ojos la dulzura
descubro ahora de viejo.
Estoy con un vino añejo
frente a tu fotografía.
mamita del alma mía
sigo de ti agradecido
¡Gracias por lo vivido
te lo digo cada día!

Qué linda estaba la luna
que alumbraba mi camino
cuando con paso cansino
me acercaba a la laguna.
Pensaba en la gran fortuna
que yo tenía a mis pies
pues la miraba otra vez
en el agua reflejada
y en esa noche estrellada
pronto serían las diez.

Eso es lo que no entiendo
me dijo mientras miraba
que una lágrima rodaba
yo le dije, está lloviendo.
Me aleje triste y riendo
con un suspiro en mi boca
ella se hacia la loca
decía no comprender
pues nunca pudo entender
lo que su amor me provoca.

A la hora de votar
juzgue canto y tradición
y obedezca al corazón
cuando escoja sufragar.
Después de mucho escuchar
los temas en competencia
vote con mucha prudencia
por el que crea mejor
pues siempre gana el folclor
al hacer su preferencia.

Se acabó mi soltería
volveré a la realidá
pues muy pronto llegará
mi señora ¡qué alegría!
Cuando dijo que venía
como soy naita e' tonto
me puse a arreglar muy pronto
la sala y el comedor
y al medio puse una flor
¡se acabó mi aburrimiento!

Con un bastón en la mano
caminando muy despacio
en la boca un pucho lacio
así camina el anciano.
Cuando joven era sano
robusto y de tez tostada
usaba horqueta o azada
también guadaña o arado
o en un caballo montado
feliz por el campo trotaba.

.

Azucena y Margarita
lucen sus bellos colores
así como tantas flores
cual de todas más bonita.
Les cuento que una florcita
es más bella que ninguna
que yo tengo la fortuna
de cobijarla en mi pecho
les cuento por lo derecho
que es más bella que la luna.

Ya se viene la lluvia
llegará en la madrugá
dejará la tendalá
es una cosa muy obvia.
En Santiago ya es historia
que se vuelve a repetir
y volverá a sucumbir
pues se aproxima un diluvio
y yo, como soy anfibio
en agua sabré vivir.

Por todos los deportistas
señores pido brindar
se esfuerzan para ganar
en arenas o en las pistas.
Ellos son unos artistas
en el espectro mundial
el esfuerzo es colosal
por lograr una medalla
y por cruzar esa raya
para orgullo nacional.

Si usted mi amigo también
dijo me quedo en Santiago
le pido que haga lo que hago
y alegre pórtese bien.
Cuecas baile mil o cien
tome chicha moderado
ande a pie si está curado
o pida ayuda a un amigo,
no desoiga lo que digo
si es que anda endieciochado.

Preguntas que estoy pensando
en esta linda mañana
en que desde mi ventana
veo que está madrugando.
Mi mente se va volando
por los valles y sembrados
mirando al peón esforzado
que con pala y azadón
recorre el fundo del patrón
contento y esperanzado.

Chile está en mi corazón
desde que tengo memoria,
yo me fundo con mi historia
del vivir es mi razón.
Yo defiendo con pasión
mi suelo, hogar, mi bandera
defiendo mi patria entera
si es que se hace necesario
seré firme y temerario
si mi patria lo pidiera.

Hoy brindo por la empanada,
por la chicha y el asado,
por el vino bigoteado
que tomo cuando no hay nada.
Brindaré por la alborada
junto al canto de los triles
con chupilca dos barriles
para el hambre buen tocino
y en el medio del camino
asados vengan por miles.

Amigos, soy friolento
yo no lo puedo negar
así que me iré a acostar
en este preciso momento.
Al punto digo lo siento
pues me tengo que cuidar
porque no quiero pasar
a tapsín y a estornudo
¿Es primavera? Lo dudo
¿Quién me quiere contestar?

Amigos sigue nublado
quien se lo iba a imaginar
siendo un día primaveral
desde el cielo ha lloviznado.
Todo Santiago mojado,
el suelo resbaladizo,
así yo les garantizo
si viaja sin precaución
más de algún estrellón
bajo este cielo plomizo.

Día de los animales
de San Francisco de Asís
cual de todos más feliz
del hombre no tienen males.
No quieren ser concejales
ni ladran por ser alcalde
Dios así me los guarde
libres de odio y maldad
son ejemplo de lealtad
y de eso no hacen alarde.

Por usted que es profesor,
por usted que es profesora,
voy a brindar ahora
con vino de lo mejor.
Por esa abnegada labor,
por sus noches de desvelo,
porque cuando era un mozuelo
me enseñaba con destreza
y aunque duro de cabeza
¡de leso no tengo un pelo!

Tres noches de oscuridad
anuncian esta semana
y toda la gente se afana
por saber la gran verdad.
Que pasemos navidad
hoy lo pide un folclorista
que nuestro mundo resista
cualquier profecía maya
ya en el campo, ya en la playa
pido a Dios que nos asista.

Amigo si va a votar
fíjese bien por favor,
juéguesela por el folclor
por la danza y el cantar.
No se me ponga a pelear
ni vaya a hacer alboroto
no se porte como un roto
y demuestre su cultura
y aunque la verdad sea dura
no hay que regalar el voto.

Hoy veintidós de diciembre
en el año dos mil trece
el día feliz amanece
y va empezando el pelambre.
Que habíamos de pasar hambre
era el mensaje fatal
y que todo lo infernal
nos caería del cielo
causando mucho desvelo
mas hoy…Todo sigue igual.

Febrero último día
comienza marzo señores
se preparan los cantores
y danzas con alegría.
Dejan la monotonía
los placeres y el remanso
¡Arriba las patas ganso!
que hay que volver al trabajo
diciendo muy por lo bajo
¿cuándo tendré descanso?

¿Dónde seré más chileno?
¿en Chiloé o en Arica?
¿al medio del Tinguiririca
o cerca de Río Bueno?
Tal vez algún coquimbano
salga a aclarar la cuestión
y ponga como condición
para dar clara respuesta
que la zona ya no importa
si se es de corazón.

Para ser buena cantora
hay que estudiar con tesón,
tener mucha vocación
y oír a la profesora.
Levantarse con la aurora
y ponerse a practicar,
esa enseñanza aplicar
al canto de tradición,
poniendo mucha emoción
para mejor proyectar.

Solo quedan tres minutos
Pa' dar vuelta ese partido.
diosito yo te lo pido
dale la fuerza a esos brutos.
Chilenos sean astutos
mejor que lloren conmigo,
el estadio fue testigo,
Perú ha ganado uno a cero
este verso era primero
mas, ya terminó el partido.

Si quieres hacer un favor
para limpiar la mañana
apaga de buena gana
tu hermoso televisor.
Verás que es mucho mejor
el trote o la bicicleta
mejorarás tu silueta
y también tu corazón
¡ya no más televisión
que en tu vida se entrometa!

Hoy te saludo papá
a ti que eres campesino,
a ti que eres un nortino
o que estás en la ciudad.
Te digo una gran verdad,
papá eres gran amigo,
yo pongo a Dios por testigo
que este recuerdo es sincero,
papito mucho te quiero
hoy necesito tu abrigo.

Tendré que cerrar la boca
ha comenzado a llover,
voy a empezar a correr,
el agua empapa mi ropa.
Si a ti amigo te toca
esta misma situación
escóndete en un rincón
mientras pasa el aguacero
y protege tu guargüero
con firmeza y decisión.

Dicen que soy caballero
porque no tengo memoria,
no me acuerdo de mi historia
ni de aquel tiempo postrero.
Si algún día yo me muero
en ese instante fatal
me acordaré por igual
de lo bien que lo he pasado
y ahí, en la tierra olvidado,
lo empezaré a saborear.

En el día del payador
es un gusto saludar
a todo el que sabe versear
o eleva su voz de cantor.
Brindaré con mucho amor
por aquellos que no están,
en contrapunto estarán
celebrando este, su día
cantando con alegría
por quienes se llaman Juan.

Hoy saludo especialmente
a quien se llame Dolores
que reciba muchas flores
este día ciertamente.
Que tenga un día excelente
ya que se encuentra de santo
¡adiós penas y quebranto!
se lo desea este amigo
por eso que aquí le digo
¡mejor la risa que el llanto!

Llega pronto primavera
que quiero sentir tu aroma
tu bienestar ya se asoma
entre ramada y bandera.
Ansioso Chile te espera
con tus flores y colores
con tus frutos y sabores
que adornarán nuestra mesa
¡adiós amiga tristeza
que nacen nuevos amores!

Una estrella se ha apagado
en el alto firmamento,
hay duelo en este momento
el Jorge nos ha dejado.
Grande ha sido su legado
en el ambiente teatral
como él no habrá otro igual
en sacar una sonrisa
al cielo se fue de prisa
Jorge Pedreros genial.

Yo me casara con viuda
que duerma en muy buena cama
que se acueste sin pijama
no me importa si estornuda.
No tengo ninguna duda
que será buena elección,
cuidándome que al cajón
no me mande como al otro,
habrá de amar a este potro
con todo su corazón.

Según la fe con que pides
así es como recibirás
y lo que quieras tendrás
si a lo malo tú despides.
De esta manera impides
que te abandone la suerte
pide en voz alta y fuerte
de la noche a la mañana,
que la mente no se engaña
y buscará complacerte.

Yo no sé pedir perdón,
tampoco pedir disculpa
y aunque yo tenga la culpa,
siempre tengo la razón.
Les digo en esta ocasión
que sigan este consejo,
no frunzan el entrecejo
y reconozcan su error,
a su mente harán un favor
y se pondrán menos viejos.

Pues hay que tener buen humor
para aceptar la derrota,
pues tan solo la pelota
cambió de administrador.
No por ser ganador
ha de sentirse ufano,
mejor que se den la mano
vencidos y vencedores,
que así mi Chile señores
será fuerte y soberano.

Lindo sol en la mañana
que alumbra la primavera,
linda la chacra entera
y el agua de la mañana.
En esta hora temprana
recuerdo la navidad
y agradezco de verdad
a Cristo por su legado.
diciembre ya ha llegado
mes de amor y amistad.

Me gusta la primavera
con flores de mil colores
donde nacen los amores
igual que la vez primera.
Señores, qué más quisiera
que compartir mi alegría,
agradezco cada día
a nuestro Dios creador
y les dejo aquí una flor,
perdónenme mi osadía.

Hoy saludo a mi maire
y al pariente fallecido,
a nadie echo al olvido,
también saludo a mi paire.
Ellos cuidan desde el aire
cada paso que yo doy,
me acompañan donde voy
y sufren con mis caídas
y en noches de amanecidas
me dicen contigo estoy.

Remedios para el resfrío
es lo que yo necesito
guarisnaque y cafecito
pa' quitarme lo entumío.
Catrenal, dijo mi tío
con una cachiaspirina
o tomar en la cocina
un matecito sebao
con aguardiente endiablao
que es sanación matutina.

Se vienen por los caminos
reyes, magos y pastores,
buscando tiempos mejores
se acercan los peregrinos.
Por toditos los caminos
se puede llegar a Dios,
como Cristo no habrá dos
eso es una gran verdad,
que tengan feliz navidad
hoy lo pido a toda voz.

Aquí estoy esperando
con la bandera en la mano
Chile será cual hermano
qué dirá vamos ganando.
Con la pelota jugando
Alexis será imparable.
Valdivia hará alarde
de su destreza especial
y al igual que en la final
Chile ganará esta tarde.

Yo brindo por los casaos,
hoy se van en luna de miel
tanto ella como él
se ven muy enamoraos
Yo les hei aconsejao
que se cuiden en la vida
que se protejan del sida
siendo fiel con su pareja
pues un engaño les deja
a punto de perder la vida.

Bolivia dio la sorpresa,
le ha ganado a Ecuador
luchando con gran valor,
con entrega y entereza.
Así, con igual destreza,
Chile saldrá a ganar
¡Vamos Chile! Hay que gritar,
hoy que es solo un corazón
¡ya se oye nuestra canción,
vamos todos a entonar!

En la mente una esperanza,
en la boca una canción,
un deseo en el corazón,
un Chile pura templanza.
Que hoy se incline la balanza
para quien será campeón,
hoy se cumpla la ilusión
de pasar a la final.
¡vamos todos a apoyar
a nuestra gran selección!

Hoy día llegó el invierno,
mañana vuelve el verano
y tomados de la mano
el clima se vuelve alterno.
Este tiempo tan moderno
me ha dejado una enseñanza,
que hay que crear sin tardanza
un paraguas-quitasol
que proteja de lluvia o sol
según cargue la balanza.

Falta poco pa' las dos
señores quien lo diría,
que un trabajo de amanecida
mi tiempo ha partido en dos.
Me dijeron serán dos
pero la cruel realidad
me acompaña la soledad
y una que otra pantalla
así yo mantengo a raya
al ladrón y a su maldad.

Hay algo que no está claro
y aquí lo voy a escribir
por si me toca morir
preguntaré sin reparo.
Ponga atención sea claro
en contestar esta encuesta
que amerita una respuesta
a lo que quiero saber
alguien puede responder
¿por qué el gallo tiene cresta?

Muchas gracias nuevamente
por tan hermosos saludos
tan sinceros y sesudos
que hoy nos hicieron presente.
Agradezco ciertamente
a toda la parentela
que siendo hijo o abuela
nos insta con gran ardor
a seguir en el folclor
prendiendo una nueva vela.

Voy a brindar por un burro
que rebuzna y patalea,
que le falla la batea,
yo lo digo y no me aburro.
En Santiago y en Lo Curro
rebuzna y lanza sus coces,
pido por todos los dioses
que se calme ese animal,
que en Chile no haya otro igual
con rebuznos tan atroces.

Voy a alzar esta copa,
por el amigo chileno,
con este vino tan bueno
que me hace agua la boca.
Brindaré por el que toca
en las fiestas y ramadas,
por las damas entonadas
que alegran los corazones
y por cuecas y canciones
en fiestas patrias cantadas.

Hay que dar para recibir,
dijo un poeta muy sabio,
no recibirás desagravio
si procuras sonreír.
Ya no es necesario pedir
amor si lo das con creces,
porque recibes mil veces
lo que entregas con calor,
lo mostró como un favor
¡mi nieta de siete meses!

Empieza la primavera
se alegran los corazones,
al amor se hacen canciones
que inundan el alma entera.
Guardemos en la cartera
los malos ratos vividos
y con ramos muy floridos
saluda a quien es tu amor
y al ver una bella flor
despertarán tus sentidos.

Para empezar la semana
con optimismo y con fe
a usted recomendaré
que ría de buena gana.
Es la sonrisa tan sana
que alegra los corazones
afloran las emociones,
si la risa es verdadera
deja las penas afuera
al son de bellas canciones.

Se terminó el ensayo
por culpa del apagón,
un besito un agarrón
no sé dónde cresta me hallo.
Digo casi me desmayo
al ver tanta oscuridad
aseguro que la maldad
se hizo presente esta noche
porque ladrones sin boche
robaron en la ciudad.

En un día como hoy
años van noventa cuatro
en octubre, día cuatro
Violeta dijo aquí estoy.
Gracias mi Dios te doy
por la tierra conocida,
por toda la vida vivida
dijo Violeta temprano
y un ángel de la mano
la acompañó en su partida.

Santa Cecilia, señora
de músicos, su patrona,
cada uno hoy entona
un saludo en esta hora.
El que toca a ti implora
por todos sus instrumentos,
de cuerda, percusión o vientos,
si es que alguno se ha extraviado
y muy pronto ha regresado,
testigos de eso hay cientos.

Rápido pasó el tiempo
aquí estoy acalorado,
un poco desesperado
porque no corre ni viento.
De verdad que lo lamento,
se fueron las vacaciones,
playa, campo y emociones
las guardaré en un buen cofre,
vuelvo a mi pega de profe,
al folclor y a las canciones.

Voy a brindar con chicha
ella me pone contento
con ella dolor no siento
ella me llena de dicha.
Y ya no siento desdicha
con una garrafa a mi lado
parece estoy condenado
a sufrir este castigo
por eso yo digo amigo
¡voy a morir enchichado!

Todo el mundo apasionado,
los padres y parentela
por el primer día de escuela
de ese pequeño alumnado.
Cada uno esperanzado
de ese doctor en potencia
que intachable de presencia,
se encuentra muy asustado,
porque su vida ha cambiado
como lo exige la ciencia.

A las cuatro con veintiocho
la tierra se estremeció,
un sismo cinco comas dos
hizo crujir al Mapocho.
No te levantes morocho
mira que no es para tanto
cambia esa cara de espanto
que muy rápido pasó
oye al gallo que cantó,
¿Por qué tú tiritas tanto?

Quiero que la lluvia baje
a limpiar los corazones,
que se lleve los rencores
que hay debajo del ropaje.
Que la amistad sea el traje,
que el amor sea el sombrero,
que la risa sea el cuero
que envuelve a la humanidad,
para que en campo o ciudad
florezca lo que yo quiero.

Señores en Concepción
recién ha vuelto a temblar
unámonos para rezar
pa' que acabe esta cuestión.
Elevemos la oración
por todos los afectados
que en Chile y en todos lados
se acaben los tiritones,
Dios otorgue los perdones
que fueron solicitados.

Feliz día madre tierra
eres comienzo y final
desde aquel tiempo ancestral
en que nadie sabía de guerra.
En este día quisiera
plantar una gran semilla
que crezca de maravilla
en bien de la humanidad,
semilla de amor y de paz
brotando cual gran gavilla.

Una luz se está apagando
después de haber alumbrado,
igual que cielo estrellado
a quienes le están llorando.
Rapidito caminando
tan menuda y decidida
así anduvo por la vida
dejando cinco arbolitos
que hoy le lloran calladitos
en esta triste partida.

Voy a brindar por tus ojos
que un día a mí me miraron
al punto me enamoraron
lo recuerdo sin enojo.
Yo quisiera que a mi antojo
estuvieras a mi lado
y sentirme acariciado
por tus ojos noche y día
y brindo por la alegría
de vivir enamorado.

Al final de mi camino
voy a brindar por la vida
a modo de despedida
de lo que fue mi destino.
Brindare con un buen vino
por esos ratos felices
por llagas y cicatrices
que llevo en el corazón
y muy lleno de emoción
recordaré a quienes quise.

Desde mar a cordillera
desde Arica a Punta Arenas
señores quien no dijera
tengo la madre más buena.
Yo la añoro con gran pena
pues no la tengo a mi lado
mas le tengo reservado
un beso en mi corazón
que le daré con pasión
cuando me encuentre a su lado.

DÉCIMAS POR AÑO NUEVO

En el trabajo encerrado
hoy pasaré el año nuevo,
contento el lápiz muevo
porque hasta aquí he llegado.
La vida me ha regalado
la familia más hermosa,
a Dios no le pido otra cosa
que por siempre les bendiga,
no está demás que les diga,
hoy mi alma está dichosa.

Hoy pido que en año nuevo
se olviden penas y llanto,
a usted que ha sufrido tanto
que agradezca se lo ruego.
Con su dolor me conmuevo
mas piense de esta manera
la vida que Dios le diera
eso debe agradecer
ver un nuevo amanecer
cuánto enfermo se quisiera.

Porque la vida es muy corta
agradece lo que ha sido,
ya alegre, ya sufrido,
todo viene en la misma torta.
Así, quien como yo se porta
no necesita dinero,
de este año todo espero
y todo se me dará,
pues con mi mente empeciná
siempre logro lo que quiero.

Otro año va a terminar
así se me va la vida
si tuve pan y comida
ya es muy justo celebrar.
De la salud no he de hablar
estoy como roble viejo
cada día lo festejo
aunque amanezca nublado
gracias Dios que me has dado
la chispa del vino añejo.

Yo quiero que en año nuevo
reciban felicidad
y un abrazo de verdad
desde el niño al más longevo.
A desearles me atrevo
que en el dos mil diecisiete
tenga trabajo y billete
mucha salud, mucho amor
echando afuera el rencor
si es que en su vida se mete.

Esta noche de año nuevo
estoy postrado en mi lecho
con todo mi cuerpo mal trecho
que me duele si me muevo.
pedirle a Dios hoy me atrevo
que calme mi sufrimiento
que pronto llegue el momento
que se acabe mi existir
por fin abre de partir
a otra vida…lo presiento

Solo queda despedir
al año que se nos va
si fue bueno o no fue na'
usted lo habrá de decir.
Hoy tenemos que pedir
por un futuro mejor
que la senda del folclor
se vea fortalecida
pidamos salud y vida
y ¡Mucho, pero mucho amor!

Treinta y uno de diciembre
hoy no quiero que te vayas
encerrado entre murallas
pasando frio y hambre.
Anoche me dio un calambre
que no me dejo dormir
aquí espero morir
encerrado en la prisión
hoy pido de corazón
que se acabe mi existir.

fin

Made in the USA
Monee, IL
22 June 2023

35937688R00057